原作《げんさく》・脚本《きゃくほん》・キャラクターデザイン
鳥山明《とりやまあきら》

小説《しょうせつ》
日下部匡俊《くさかべまさとし》

COVER ILLUSTRATION:
東映《とうえい》アニメーション

ドラゴンボールスーパー

DRAGON BALL 超 SUPER

BROLY ブロリー

JUMP j BOOKS

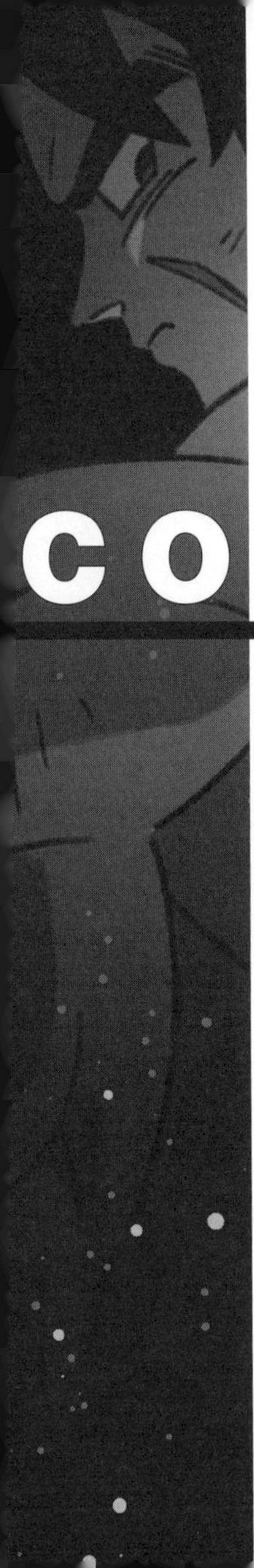

ドラゴンボールスーパー DRAGON BALL 超 SUPER BROLY ブロリー

CONTENTS

もくじ

其之一《そのいち》

はじまりの話《はなし》

DRAGONBALL SUPER

いまから少々昔のこと。

サイヤ人たちの故郷《こきょう》、惑星《わくせい》ベジータの空を無数の宇宙船が埋《う》めつくしていた。

コルド大王軍《だいおうぐん》の船団である。

事前の連絡もなにもなく、気まぐれで残酷《ざんこく》な宇宙の王は、サイヤ人たちの前に突然姿をあらわしたのだった。

コルド大王の乗る大型船とその護衛《ごえい》の小型船の大群は、地表すれすれまで急降下すると、先導《せんどう》役の戦闘員《せんとういん》たちを飛び立たせ、そのままベジータ王の城に向かって進みはじめた。

行《ゆ》く手《て》には背の高い塔《とう》が建《た》ち並《なら》んでいたが、コルド軍はそれらを突《つ》き崩《くず》しながらまっすぐ飛行していく。

「くそっ、ムチャしやがる!!」

空を見あげていたサイヤ人たちは、すぐ頭上を通り過ぎる無数の宇宙船に、声をあげてあたりを逃げまどった。

「無礼《ぶれい》な！　このような訪問、なめられすぎだ！」

玉座《ぎょくざ》の間に、いならぶ将軍《しょうぐん》たちの怒《いか》りの声が響《ひび》く。

惑星ベジータの王、ベジータ三世もまた、これ見よがしに空を飛び回るコルド軍の戦士たちを宮殿《きゅうでん》の窓からにらみつけるように見あげていた。

「陛下《へいか》、コルド大王がいらっしゃいました」

執事《しつじ》のひとりが静かに告げる。ベジータ王は目も向けず、苦々《にがにが》しげな声で答えた。

「……そのようだな」

コルド軍を先導してきた戦闘員ひとりひとりは、サイヤ人でさえかなわない、恐ろしい戦闘力の持ち主たちだった。

最初に降《お》り立《た》ったのは、頭や腕から短いトゲを生《は》やし、ごつごつとした岩のような体を持つ種族の大男と、緑色の長い髪の毛を一本にむすんでおさげにした背の高い優男《やさおとこ》だった。

このふたりは、コルド軍のなかでも精鋭《せいえい》として知られる戦士である。岩のような巨漢《きょかん》がドドリア、もうひとりの緑がかった青い肌《はだ》をもつ人間型種族はザーボンという。

さらにその前に五つの人影が舞い降りた。奇妙な動きでポーズをとっている戦士たちは、ギニュー特戦隊《とくせんたい》と呼ばれる。この五人だけで、城内にいるサイヤ人の戦士たちが束《たば》になってもまったくかなわないほどの戦闘力があった。

だが、本当に恐ろしいのは、彼らの向こうで、お付きを従えて宇宙船から降りてくるコルド大王だった。

頭から鋭《するど》い二本の角《つの》を生《は》やし、白い肌に鎧《よろい》のような表皮をまとったコルドは、ザーボンたちやギニュー特戦隊が、カプセルを出たばかりの赤ん坊に思えるほどの力を持っていた。

「何者だ……あいつは」

ベジータ王がおさえた声でつぶやく。

コルド大王が宇宙船のタラップを降りてくる後ろから、小柄《こがら》な人影がやってくるのが見えた。角が短く、体は小さいものの、姿形はコルド大王によく似ている。

戦闘員たちが左右にわかれ、道を作る。その間を、コルド大王とお付きの小柄な異星人たち、そして小さなコルドが、ベジータ王のもとにまっすぐ向かってきた。

コルド大王はベジータ王の数メートル手前で立ち止まり、いつもの人を見下《みくだ》した口調でこう言った。

「ひさしぶりだな、ベジータ」

背後にしたがえた将軍たちがひざまずくなか、ただひとり、ベジータ王は立ったままコルド大王たちを出迎えていた。

王たるものの、せめてもの誇《ほこ》りだった。なんといっても、彼はサイヤ人すべてを率《ひき》いる王なのだ。宇宙の支配者を名乗っているコルド大王が相手だろうと、立場が対等であることを見せつけなければならなかった。

「コルド大王、ようこそ……」

コルド大王は、おずおずと差し出されたベジータ王の右手を不思議《ふしぎ》そうに見おろした。

それから、その手を完全に無視して、横に立つ自分の小さなコピーをちらと振り返った。

「紹介しよう。わが子、フリーザだ」

フリーザと呼ばれたコルド大王の息子《むすこ》は、一歩、父親の前に出ると、立ちつくすベジータ王に視線を向けた。

その目に見つめられたとたん、ベジータ王は思わず後ずさり、どさりと膝《ひざ》をついて頭を低く下げた。

「あ……こ、これははじめまして、フリーザさま……」

意識してやったのではなかった。ただ、フリーザと目が合ったとたん、体が勝手に反応したのだ。

誇り高きサイヤ人にとって、それは屈辱《くつじょく》以外のなにものでもなかった。

「こちらこそはじめまして」

にやにやと笑《え》みを浮かべて、フリーザは、ベジータ王の顔をのぞきこんだ。

怒りと屈辱のあまり震えだしそうになる体を、ベジータ王は歯を食いしばっておさえこんだ。

「突然だが、オレは引退することにした!!」

コルド大王のその言葉に、ベジータ王ははっと顔をあげた。サイヤ人たちの間にも、ざわめきが広がっていく。

「これからはフリーザが軍を受けつぐ。つまりコルド軍は、フリーザ軍になる」

なんと答えればいいのかわからず、ベジータ王はぼんやりとコルド大王の顔を見あげた。

コルド大王はフリーザの肩に手を置いて、ベジータ王を見おろしながらこう続けた。

「なにも変わらんさ。サイヤ人はフリーザ軍の命令通りに働けばいい！　……少しだけ違うとすれば」

そこで言葉を切ってから、コルド大王は笑みをたたえてフリーザを見た。正面を向いたままのフリーザの顔は、どこか不機嫌《ふきげん》そうだった。

「フリーザは、このオレよりさらに冷酷《れいこく》ってことぐらいかな」

その言葉が終わると同時に、フリーザは父親の手を振り払い、前に進みながら言った。

「ほーっほっほっほっほ、よろしく。サイヤ人のみなさんには、特に期待していますよ」

声や表情はにこやかだったが、その目に見すえられると、体の上に大岩でも乗せられたかのような圧迫感があった。息ができない。

ベジータ王は心の底から恐怖に震え、視線をそらすように深く頭を下げた。

コルド大王は強い。それこそ、ケタ違いの戦闘力の持ち主だった。だが、勝てない相手だとわかっていても、立ち向かうことはできた。

けれどもこのフリーザからは……底知れない恐ろしさを感じる。目の前に立たれるだけで、戦おうという気力そのものを根本的にへし折られる、そんな感覚があった。

フリーザは、目の前に運ばれてきたコンテナから、ひとつ小さな装置を取りあげた。

「きょうはわたしの就任《しゅうにん》を記念して、新しい戦闘アイテムを持ってきてあげましたよ」

手のなかの装置をもてあそびながら、フリーザは冷や汗をかくベジータ王に向かってこう続けた。

「これは、新開発のスカウターというものでしてね。これまで使っていた偵察《ていさつ》用のスカウトスコープをコンパクトに装着《そうちゃく》できるようにしたもので、通信も同時に可能です」

スカウターは、小さな箱状の本体から小さい表示パネルが延びているというものだった。

フリーザがその本体を左耳に押しつけると、スカウターは吸いつくように耳もとに固定された。パネルはちょうど目のあたりにくるようになっていて、それを本体につないでいるフレームの根もとにはスイッチがついている。

フリーザはそのスイッチを押しながら、周囲を見回した。

「これまでのスコープと同様に、相手の位置と戦闘力、そして距離が表示され……おや？」

フリーザの顔が、宮殿の塔のひとつに向けられた。

「何人かのサイヤ人が、われわれを武器で狙《ねら》っているようですが……」

「……‼」

ベジータ王は顔を伏《ふ》せ、思わず身をこわばらせる。

コルド軍の到来を知ってすぐ、ベジータ王は、腕ききの狙撃手《スナイパー》たちを発着場の周囲にある建物に潜《ひそ》ませていたのだった。

薄笑いを浮かべたまま、フリーザは別の建物に目を向けた。

「あそこに隠れているサイヤ人の戦闘力は二〇〇〇……なかなか優秀ですね？」

穏《おだ》やかな声で言いながら、フリーザは、右手の人差し指を視線の先にある建物に向けた。とたん、その建物の上部が、爆音とともに吹き飛んだ。

攻撃をした、という雰囲気ではなかった。フリーザは、ただ狙った場所を指さしているだけのように思えた。

だが、ベジータ王の目には、フリーザの指先から閃光《せんこう》のようなエネルギーが放たれるのが、はっきりと見えていた。

「ああ……」

そばにいたサイヤ人の将軍が、絶望のうめき声をもらす。ベジータ王自身は声をあげることはなかったが、怒りと屈辱で体が震えるのを止めることができなかった。

間《ま》を置かず、フリーザは最初に見た塔に指先を向け、光を放った。一瞬遅れて塔の最上階が爆発、炎上し、粉々に砕《くだ》けて崩れ落ちていく。

さらに、フリーザは宮殿の周囲にある背の高い建物を、つぎつぎと撃《う》ち抜《ぬ》いていった。

気がつくと、ベジータ王が命じて狙撃手《スナイパー》を潜ませていた建物は、すべて正確に撃ち抜かれていた。それだけの攻撃を、フリーザは、まばたきするほどの間にやってのけたのだった。

　破壊された建物の粉塵《ふんじん》が薄れていくのを、ベジータ王と将軍たちは声もなく見あげていた。

「こんな感じです。便利でしょ？」

　フリーザはにこやかにベジータ王を見た。

「ぐ……」

　戦闘民族を名乗るサイヤ人の誇りにかけて、コルド大王たちを隠れて暗殺するつもりなどなかった。これは、あくまでもしもの時の備《そな》えだった。

　サイヤ人はコルド軍の配下となっているとはいえ、一度は戦ったことのある相手である。ましてコルド大王は気まぐれな人物だった。最初は平和的な会見だったとしても、途中でどうなるかはわからない。

　だが、そんな心配は必要ないことを、ベジータ王はいま、思い知ったところだった。

　ありとあらゆる手段を使い、サイヤ人の戦士が全員で襲いかかっても、あの親子の怪物――ことにフリーザをどうにかできるなど、ありえないことだった。

「とりあえず五〇〇個ほどプレゼントしましょう。足《た》らなかったら言ってくださいね？　では……」

それだけ言い残すと、フリーザはベジータ王たちに背中を向け、宇宙船へと引き返していった。その後ろ姿はまるでスキだらけだったが、ベジータ王はただ黙って見送ることしかできなかった。

フリーザたちが乗りこんだ船は、すぐに発着場から浮かびあがったかと思うと、すさまじい加速とともに飛び去っていった。護衛の船もいっせいに加速して宇宙へと消えていく。

それを見送りながら、ベジータ王は手にしたスカウターを思わず握《にぎ》りしめていた。

「ぐ……ぐぐ……」

スカウターのスクリーンが、ビシッと音を立ててひび割れた。

サイヤ人は、生まれてすぐ育児カプセルに入ることになる。

生まれた赤ん坊はまず、スキャンされ、戦闘力を計測される。その数値でランク分けされ、育てられる場所が変わってくる。

最高の戦闘力を示した子供は、エリートを育てるための特別な施設に移される。

ベジータ王が向かったのは、城内にあるその特別養育施設だった。

フリーザたちが去ってから、何時間も経過していない。

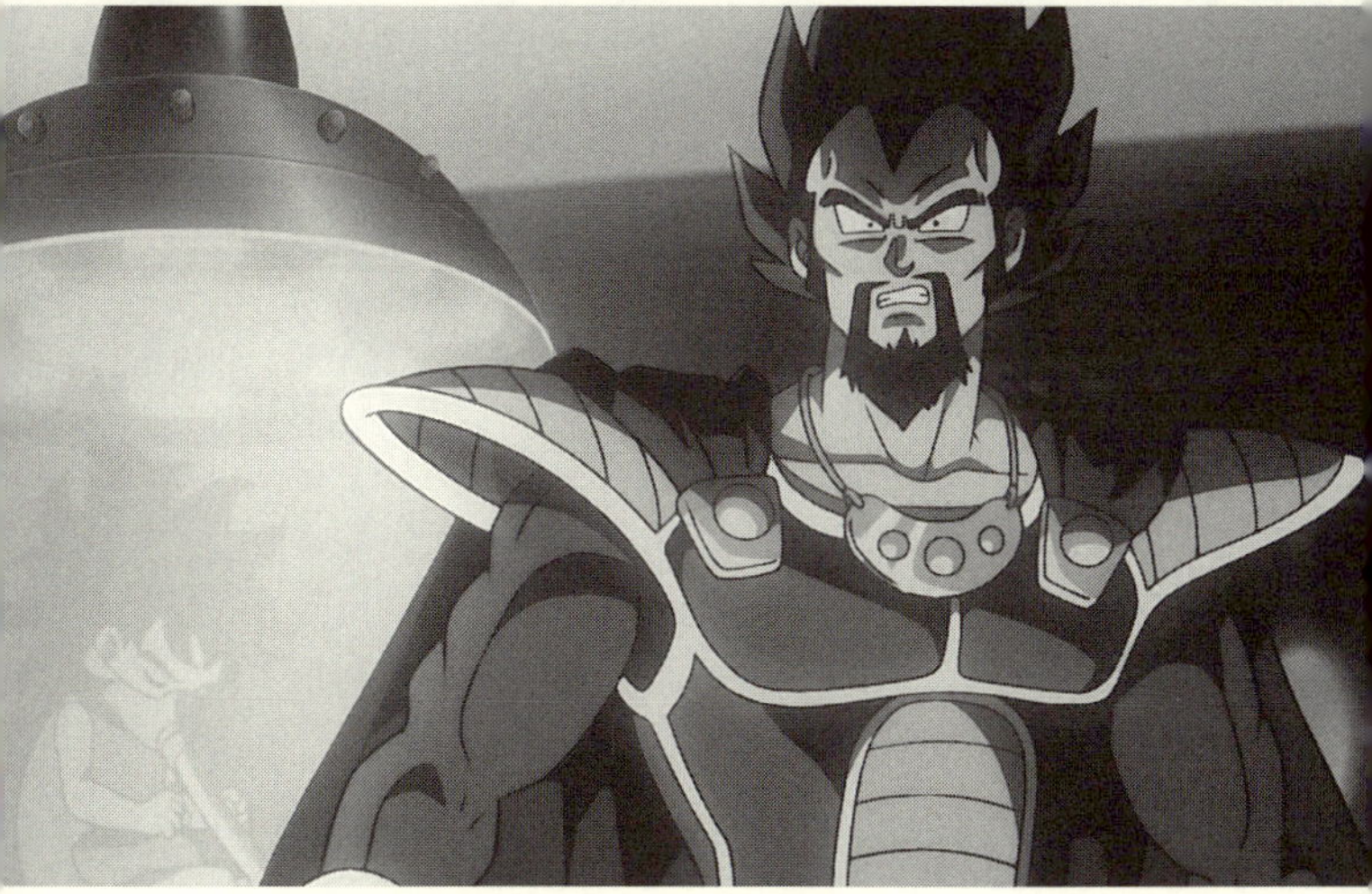

だが、ベジータ王はそこに行かずにはいられなかった。

「ほーう、もうこんなに大きくなったのか」

この場所には、彼の息子、次の王となるはずの王子が預《あず》けられていた。

王子のカプセルは特別製だった。一段高い場所に置かれたそれの前に立って、ベジータ王は、なかで眠る息子に向かって両腕を広げた。

「自慢のわが息子よ！　おまえの潜在能力は天才的だ。宇宙の王になるのは、あんなフリーザなどという化け物ではなく、おまえだ」

王はカプセルに触《ふ》れながら、口もとを歪《ゆが》めて笑った。

「成長を楽しみにしているぞ」

この王子は、ベジータ王の希望だった。

生まれた時から、戦闘力の数値には目をみはるものがあった。過去にもここまでの数値を記録した赤ん坊はいなかったはずだ。しかも、成長するにつれて、日々その戦闘力はさらに上昇しつつあった。

この子は、いままでのどんなエリート戦士より強くなる。王はそう確信していた。もしかしたら、王子こそ伝説の超《スーパー》サイヤ人かもしれない。そう考えてさえいたのだった。

わが子の姿を見つめていたベジータ王は、ふたたび厳《きび》しい顔に戻り、背を向けてカプセルの設置された一段高くなっている場所を降りはじめた。

その時だった。

「こいつは誰だ！」

ベジータ王が指さしたのは、階段を降りてすぐの場所に置かれたカプセルだった。

「なぜ、特別カプセルに入っている！」

振り返り、後ろに控《ひか》えていた施設の所員をにらみつける。

「はっ、はい！」

制服を身につけた所員たちが、大あわてで駆けつけた。

「この子はブロリー、パラガス大佐《たいさ》のお子さまです」

言いながら、大柄《おおがら》な所員がスキャナーを取り出し、ブロリーと呼んだ赤ん坊の上にかざして見せた。

とたん、スキャナーの数値がすさまじい勢いで跳《は》ねあがっていく。見る間《ま》に、スキャナーの測定限界を超《こ》え、エラーコードを表示して止まった。

だが、ベジータ王はスタッフの差し出すスキャナーを見ていなかった。

「なぜだ！　この育児室は、サイヤ人のエリートになるべき優秀な赤ん坊のために用意したもの！」

冷や汗を流しながら、スタッフがベジータ王の前にもう一度スキャナーを差し出す。

「はっ、はい、その……ブロリーの潜在《せんざい》能力が特別でして……」

ベジータ王は、いらだたしげにスキャナーを押しのけ、血走った目をそのスタッフに向けた。

「天才的なわが子の数値に、匹敵《ひってき》するというのか！」

「は、はい、計測時にもよるのですが、王子さまの数値を超えるレベルでして……」

もうひとりのスタッフがうなずくのを見て、スキャナーを持ったスタッフはおずおずとそう答えた。

「そんなことはありえない……王子の数値でさえ過去最高なんだ！　貸せ!!」

ベジータ王はむしり取るようにしてスキャナーを奪《うば》い、乱暴にカプセルの上に手をつきながら、眠っているブロリーにそれを向けた。

カプセルを叩《たた》いた音に、眠りを邪魔《じゃま》されたブロリーがかすかに目を開き、泣き顔になる。

とたん、スキャナーの数値がさっきとは比較にならない勢いで上昇する。エラーコードのかわりに、スクリーン上には意味不明な模様が走り回り、それから急激にスキャナー本体が持っていられないほど熱くなった。

「うおっ！」

ぼん、と音をたて、ベジータ王の手のなかのスキャナーが破裂《はれつ》した。

「あ……ああ……」

呆然《ぼうぜん》とブロリーを見やるベジータ王の背中から、あわてたようすでスタッフたちが声をかけた。

「も、申し訳ありません！　やはり、故障していたようです……早く新しい計器《けいき》を」

「ただいまお持ちします」

それから、入念な測定が何度も行われ、所員のひとりが、測定結果を表示したスキャナーを見ながら、安心したように言った

「再測定の結果、数値が半分以下になりました。過去に異常な数値が出たことがあったのですが、やはり計器の故障でしょう」

「しかしそのような異常なデータを排除《はいじょ》しても、ブロリーの潜在能力は相当なものです」

別のスタッフが、手もとのデータを見ながら続ける。

それを見返すベジータ王の視線は冷《ひ》ややかだった。だが、そのようすに気づいていないスタッフたちは、口々にブロリーがいかにすぐれた才能を持っているかについて語るのだった。

「このまま訓練を積めば、すばらしい戦士に育ち、わが軍の強力な戦力に！」

「それこそ、伝説の超サイヤ人にさえ――」

その言葉を耳にしたとたん、ベジータ王はぎりりと音をたてて奥歯を噛《か》みしめた。

パラガス大佐は、ベジータ王の玉座の間へと続く廊下を、なりふりかまわず走っていた。

ベジータ王の軍団のなかでも、大佐にまでなったベテランの戦士である。口ひげをたくわえた顔からは、風格《ふうかく》さえ感じられるほどだった。

それが、明らかにとりみだした表情で、城のなかを駆《か》け抜《ぬ》けていく。すれ違う兵士や召使《めしつか》いたちが、そのただならぬ雰囲気に驚いて振り返る。だが、パラガスはそれを気にするようすもなかった。

「パラガスさま」

玉座の間の手前まで来たところで、パラガスの行く手に、近衛兵《このえへい》たちが立ちふさがった。

「お待ちください」

かまわず通ろうとしたパラガスを、兵士たちは無理やりつかまえて引《ひ》き留《と》めようとする。

「ええい、離せ！」

パラガスは明らかに冷静さを失った声で叫びながら、信じられない力で兵士たちの手を引きはがし、無理やり彼らを押しのけて前に進んだ。

玉座の間の扉をこじ開け、パラガスは、どしどしと足音を響《ひび》かせて広間に入っていく。

真正面《ましょうめん》の玉座には、将軍たちとなにごとか話し合う王の姿があった。

「ご無礼をお許しください」

玉座の前まで進み出ると、パラガスは、そう言いながら片膝をついて頭《こうべ》を垂《た》れた。それからわずかに顔をあげ、ベジータ王の顔を見る。

「わ……わが息子ブロリーを、ポッドで辺境《へんきょう》の星に飛ばすおつもりだとか……」

片肘《かたひじ》をつき、顎《あご》を支《ささ》える格好《かっこう》でパラガスを見おろしていたベジータ王は、つまらなそうにこう答えた。

「そうだ」

パラガスは一瞬言葉を失った。

「そ……それは下級戦士の役割……」

ようやくそれだけの言葉をしぼり出すパラガスに、返すベジータ王の声は冷たかった。

「星を制圧できるほどに成長すれば、さらに強力な戦士になるかもしれんだろう。星を支配して高く売る、それがわれわれ戦闘民族サイヤ人だ」

「目的地である小惑星バンパは、人間さえいない過酷《かこく》なだけの星です……高く売れるとは思われませんが……」

パラガスは小心者だった。いかにも戦士という外見も、態度も、出世と人望を集めるために作りあげたものだ。正直に言えば、王とこうして直接話すだけでも恐ろしかった。

あの激しい気性《きしょう》と、サイヤ人の頂点に立つほどの戦闘力。へたなことを口にして怒りを買うようなことになったらと思うと、体の震えを隠すだけで精いっぱいだった。

だが、いまはそんなことを気にしている場合ではなかった。

「……おまえの息子の潜在能力は異常なまでに高すぎる。突然変異と言ってもいいだろう」

ベジータ王の言葉に、パラガスは心のなかで、そう、それなのだとつぶやいていた。

パラガスの身分では、現在の地位が出世の限界だった。飛び抜けた戦闘力があればそれも関係ないが、どんなに訓練しても四〇〇〇を超えるかどうかといったところだ。

そこへ、ブロリーが生まれた。ブロリーの潜在能力なら、きっと最強の戦士として軍の頂点にも立てるに違いない。

ブロリーは、パラガスにとって最後の、最大の希望なのだ。

パラガスをもの思いから現実に引き戻すように、ベジータ王は続けた。

「いずれ正常な精神状態は保《たも》てなくなり、わがベジータ軍はおろか、宇宙そのものを危険にさらすことになる。命を絶《た》たずに、星に飛ばしてやるだけでもありがたく思え」

パラガスは耳を疑った。そんな話など聞いたこともなかった。

「そ……そんな……」

パラガスは、思わずベジータ王の前で立ちあがっていた。そうして、震える指先を王に向け、嘲《あざけ》りの笑みを浮かべてこう言った。

「あ……あなたは、王子より高い潜在能力を持ったブロリーに嫉妬《しっと》し、亡《な》き者にしようと──」

パラガスは完全にわれを忘れていた。もともと小心で、慎重《しんちょう》な男である。それが、ブロリーというケタ外《はず》れの才能を持った息子が葬《ほうむ》りさられそうになって、完全に冷静さを失っていたのだった。

「それ以上口を開いてみろ。きさまは死ぬことになるぞ」

ベジータ王は生粋《きっすい》の戦士である。いくつもの修羅場《しゅらば》をくぐり抜けた強戦士のその言葉は、パラガスの虚勢《きょせい》を一撃で打ち砕いていた。

「あ……ああ……」

返す言葉を見つけられず、パラガスは思わず一歩退《しりぞ》いていた。そのまま視線をそらすように、下を向く。

じつは、パラガスの指摘《してき》は正しかった。いわれのないことなら、ベジータ王はパラガスを一撃で殺していただろう。それができなかったのは、王子こそ最強であってほしいと思う自分を恥じる心がどこかにあったからだった。

ベジータ王は固い表情のまま、こう続けた。

「それにもう遅い。ポッドはいま発射した」

その言葉とほぼ同時に、玉座の間の巨大な窓の外から、どん、と衝撃が伝わってきた。目を見開き、はっと顔をあげたパラガスは、その方向に顔を向けた。

「な……」

間違いない。あれは、ポッドを発射するときのものだ。

そう悟《さと》ったパラガスは、窓に向かって駆けだしていた。床《ゆか》から高い天井《てんじょう》まで届きそうなステンドグラスを突き破り、パラガスはまっすぐに宇宙船の発着場へとかけつけた。

もはや、パラガスにまともな判断力は残っていなかった。ただ、王への失望と怒り、そしてブロリーを失うかもしれないという恐怖が、彼を突き動かしていた。

発着場では、多くの作業員たちが忙しげに動き回っていた。

パラガスは、そのなかにふわりと舞い降り、なにげないふうをよそおって、すぐに乗りこめそうな宇宙船を探してあたりを見回した。

「どけい！」

通りかかった作業員を押しのけ、パラガスは目についた宇宙船へと向かっていった。

その宇宙船では、ビーツという名の作業員がエネルギー補給を行っていた。開《あ》け放《はな》たれたハッチのすぐ横で、補給作業を行っていたビーツは、宇宙船に乗りこむパラガスを見て、あわててそのあとを追った。

なかに入ると、すでにパラガスは操縦席で起動操作を行っているところだった。

「お待ちください、発進許可は出ていません――！」

だが、パラガスはビーツを無視して、操縦桿《かん》を引いた。

「うわっ！」

船体がぐらりと傾《かたむ》き、離陸《りりく》するのがわかる。

『貴船《きせん》の飛行は許可されていない！　ただちに帰投《きとう》せよ、繰《く》り返《かえ》す、直ちに帰投せよ』

すぐにスピーカーから管制官の声が聞こえてきたが、パラガスは気にするそぶりも見せず、操縦を続けた。

「す、すぐにお戻りください！」

なんとか立ちあがったビーツが、必死で声をかける。だが、パラガスは振り返りもせず答えた。

「そうはいかん、息子を助けねば」

ビーツは事情がのみこめず、聞き返そうと口を開きかけたが、突然襲いかかった急激な加速に、近くにあったシートにしがみつくのがやっとだった。

ようやく加速が落ち着いたところで、パラガスは、ビーツにいままでのいきさつを語りはじめた。

「……そんな、ベジータ王が？」

信じられないという表情を浮かべたビーツに、パラガスはうなずいた。

「ベジータ王は、同時期に生まれた王子の天才的な能力が自慢だった……その能力を超えてしまったわが息子ブロリーの存在が、気に入らなかったんだ」

ビーツは、パラガスの話に神妙《しんみょう》な顔で耳を傾けていた。その話を信じたのか、それともあきらめたのか、もう引き返せとは言わなかった。

「ポッドの目的地は、辺境の星だったとか」

ビーツの言葉に、パラガスはスクリーン上に穴だらけで荒れた惑星の映像を映《うつ》し出《だ》した。

「九四番恒星《こうせい》を廻《まわ》る、バンパという小惑星だ」

「なぜ……あのあたりに人間のいるような星はないはず」

「王の目的は、星を手に入れることじゃない！　わが息子ブロリーの抹殺《まっさつ》だ」

怒りに体を震わせながら、パラガスはそう吐き出した。

「……そ、そんな」

パラガスは自動操縦のセットを終え、変更できないようにロックしてから、航行中眠って過ごすための睡眠カプセルの入り口に向かった。そして、不安げな視線を向けてくるビーツを振り返り、言った。

「心配するな、ビーツ。ブロリーを救出したら、オレたちはどこか別の星で暮らす。おまえはオレたちを星に降ろして、惑星ベジータに帰れ」

「あなたは帰らないんですか？」

パラガスは自嘲《じちょう》気味《ぎみ》に笑った。

「当然だろう。帰っても、処刑されるだけだ」

そこまで言ってから、パラガスは鋭《するど》く目を細め、虚空《こくう》をにらみつけた。

「オレは、ブロリーを最強の戦士に育て……いずれ、ベジータ王に復讐《ふくしゅう》をする！」

最後の言葉は、ビーツに向けられたものではなかった。見る者を怖気立《おぞけだ》たせる表情を浮かべ、パラガスはカプセルのなかに消えていった。


長い旅路を終え、その小さなポッドは、バンパと名づけられた星に落下した。

地面にめりこんだポッドは、表面にスパークが走り、煙をあげていたが、やがてそれもおさまると、ゆっくりとハッチを開きはじめた。

ポッドが落ちた場所は、ちょうど夜明けを迎《むか》えるあたりだった。夜通し吹き荒れた嵐がおさまり、つかの間晴れた空にぽっかりと満月が浮かぶ。その光が、開いたハッチのなかに差しこんだ。

ポッドのなかで、力なく横たわっていたブロリーの上に、月の光が降りそそぐ。

「うっ……」

薄く開かれていたブロリーの目が、うめき声とともに大きく見開かれた。体に巻きついていたシッポの毛が針のように逆立《さかだ》ち、全身が剛毛《ごうもう》に覆《おお》われていく。

無人の小惑星に、獣《けもの》の吠《ほ》え声《ごえ》が轟《とどろ》いた。

「あれが小惑星バンパですか」

睡眠カプセルから身を乗り出して、ビーツが窓の向こうに浮かぶ荒廃《こうはい》した星をさして言った。

「計算では、ポッドのほうが二日ほど前に着いているはず……」

すでに起きだしていたパラガスは、操縦席に座り、窓の外に目を向けた。

「生きていろよ、ブロリー。すぐに助けてやる……！」

バンパに降下するとすぐ、船はすさまじい嵐に遭遇《そうぐう》した。自動操縦では追いつかず、パラガスは操縦席で必死に船を操《あやつ》らなければならなかった。

「あのあたりのはずだ……」

ポッドの着陸した予想ポイントは、その嵐のどまんなかにあった。風はますます強くなり、危険を感じるほどの揺れがパラガスたちを襲う。

「く……」

「光の当たっているところは穏やかそうでした！　そこに着陸しましょう！」

補助座席にしがみつくビーツが叫ぶ。

「いや、強行《きょうこう》する……!!」

どうやら、昼の部分では嵐はおさまっているようだった。だが、安全な場所からでは、距離がありすぎる。ブロリーがどんな状態かわからない以上、一刻《いっこく》も早くたどり着きたかった。

だが、目標ポイントまであとわずかと迫《せま》ったところで、船は叩きつける暴風にあおられ、岩山に接触してひどく乱暴に着陸することになった。ほとんど墜落したようなものだったが、ふたりはなんとか無事だった。

パラガスは衝撃から立ち直るとすぐ、自動では開かないハッチを蹴《け》り開《あ》け、外のようすをうかがった。

ハッチの入口は、地面から何メートルか浮いた位置にあった。

そこから、捜索《そうさく》用の装備が入ったコンテナを下に落とし、パラガスは振り返って言った。

「さっそく探しに行く、ついてこい！」

「オ、オレもですか!?」

驚くビーツに、パラガスは地面に飛び降りながら答えた。

「そうだ。探しているうちに、飛び立たれては困るからな」

「そんなことしませんよ、信じてください」

ビーツの言葉を背中で聞きながら、パラガスは、落ちて散らばったコンテナの中身のなかから、拾《ひろ》ったマスクを口に当て、つぶやいた。

「ふん、信用できるサイヤ人なんているのか？」

上空ほどではなかったが、地上でも歩くのが困難なくらいには風が吹き荒れていた。ライトであたりを照らすが、それだけではほとんど先が見えない。

パラガスは装備品のなかにあった小型カメラのようなものを目に当て、周囲を見回した。

「そのスカウトスコープ、新型になったらしいですよ。フリーザっていう新しい総帥《そうすい》が持ってきたとか……」

「知っている」

パラガスはそう答え、スカウトスコープと呼ばれる装置を生命探知モードに切り替えた。

画面上に、いくつかの光点が浮かびあがる。どうやら、この星にも生命はいるようだった。それも、かなりの数が。

遠くで密集している光点の方向をズームすると、スコープは自動的に戦闘力を計測しはじめる。

ふたりは、とりあえず光点の集まっている方向に進みはじめた。

「とんでもなくすごいヤツらしいですよ、フリーザって」

ライトであたりを確認しながら、ビーツがパラガスの背中越しにそう言った。

「もう、オレには関係ない」

答えたパラガスは、風に乗ってなにかが近づいてくる音が聞こえたような気がして、足を止めた。

「な、なんでしょう?」

不安げなビーツの声には答えず、パラガスはスカウトスコープで周囲を探った。

周囲でこれほど風が吹き荒れていなければ、ここまで気づくのが遅れることはなかっただろう。だが、突風に逆《さか》らって、姿勢を低くしながら進んでいたせいで、パラガスはスカウトスコープの発する警告を見落としていたのだ。

「な……」

アラーム音とともに、スカウトスコープの画面上に無数の光点が浮かびあがる。ひとつひとつの戦闘力は驚くほどのものではなかったが、この数はまずい。

スコープが光点のひとつに焦点を合わせる。それは、巨大なクモ――いや、ダニのような生き物だった。それが、群れをなしてパラガスたちのもとに向かってきている。

思わず後ずさるパラガスの背中に、おびえたビーツの体が触れる。

「ひっ……」

別の方向から感じた気配に振り向くと、そこにはパラガスが見ていたものとは違う巨大ダニが立ちふさがっていた。

ビーツの向けたライトの向こうで、折りたたまれた口もとが開かれ、なかからひとかかえもありそうな大きさの針のついた管《くだ》が飛び出してきた。

「うお！」

とっさに避《よ》けなければ、パラガスはその針に串刺《くしざ》しにされていただろう。腰を抜かしたビーツが悲鳴をあげ、バランスを崩《くず》したパラガスは、地面の上を転《ころ》がりながら腰の武器をまさぐった。

パラガスは、手に触れた光線銃を握《にぎ》り、乱射しながら駆けだした。そのあとを、及び腰のビーツが追う。

想像よりも素早《すばや》い動きで、巨大ダニはふたりの後ろを走ってくる。さらにその向こうから、何匹ものダニが続くのが見えた。

「な、なんですか！」

マスク越しのくぐもった声で、ビーツが叫んだ。

「冗談じゃない、オレは戦闘員でもなんでもないのに」

すぐ近くに岩場の裂《さ》け目《め》がなかったら、ふたりはダニの集団に追いつかれていただろう。

とっさに飛びこんだ穴の底で、ふたりは息を殺して怪物たちをやり過ごした。

やがて、周囲が明るくなりはじめた。同時に、ふたりは、あれほど吹き荒れていた風がおさまっていることに気がついた。

スカウトスコープで近くにダニがいないことを確認してから、パラガスたちは裂け目から姿をあらわした。そのまま、力を解放して宙に舞いあがる。

「夜と嵐はワンセットみたいですね……いまは暑いけど」

ビーツは、自分のスカウトスコープを目に当て、あたりを観察していた。

「あの星は衛星《えいせい》かな？　ちょうど満月ですよ」

空の一角に浮かぶ月にスコープを向け、ビーツが間延《まの》びした声でそう言った。

「あまり長く見るんじゃない。大猿《おおざる》になるぞ」

パラガスの警告に、ビーツはあわてて月から目をそらした。

「え？　あ、はい……オレ、大猿になったことないんですよ」

「大猿はわれを失ってしまう。あれになるのは、追い詰められてどうしようもなくなったときだけだ」

そう言ってから、パラガスは遠くのダニたちがどこかに向かって移動していくことに気がついた。スコープが拡大した行く先には、円形に広がる緑の草原があった。

その丸い草原は、地面のそこかしこに点在していた。どうやら、岩場が丸くえぐれていて、その底に広がっているものらしい。

ふたりはダニたちの上を飛び越え、草原のひとつに降り立った。

「な……なんだ？」

地面に降り立ったパラガスは、踏んだ地面の手ごたえのなさに、思わずバランスを崩しそうになった。

ビーツがかがみこみ、足もとの地面に触れながら言った。

「地面がやわらかい……これ、草でもなさそうですよ」

パラガスは、例のダニたちがこの場所を囲《かこ》む崖《がけ》の上に姿を見せたことに気づいた。距離はある。襲ってくれれば、飛んで逃げればいいと考えてようすをうかがった。

だが、ダニの目的はパラガスたちではないようだった。ダニたちはいっせいに口を開き、あの針のついた管を緑の地面に向かって打ちこんだ。

「あいつら……なにかを地面から飲んでるみたいですね」

ビーツがそう口にした瞬間だった。

「わあっ！」

突然地面が大きく波打ち、立っていられなくなる。とっさに空中に舞いあがったふたりは、彼らの立っていた地面がぐにゃりとゆがんで、小山のように盛りあがるのを見た。

「なんだ!?」

盛りあがった草原に見えるものの中から、巨大な獣《けもの》の頭が突き出るようにあらわれた。細長く延びた鼻先が裂《さ》けるように上下に開き、中にはぎっしりと並んだ鋭《するど》い牙《きば》がのぞいている。その上には見開かれた大きな眼《め》がふたつあって、周囲を見回してぎょろぎょろと動いていた。

さっきまで地面に針を突き立てていたダニたちが、いっせいに後ずさる。巨大な緑色のそれは、大顎を開いてダニたちの上に覆いかぶさった。そうして、地面ごとかじり取り、ばりばりと音を立てて噛《か》み砕《くだ》いていく。

「……あれは草原ではない。巨大な獣だ」

パラガスが低くうめいた。

「あの怪物たちは、緑の獣の血を吸って生きている……獣は、その怪物を食って生きている……」

眼下《がんか》では、すさまじい生存競争がくりひろげられていた。それは、戦いの日々に身を置くサイヤ人にとってさえ、胸の悪くなる光景だった。

「き……気持ち悪い星ですね」

うんざり顔でそう言ったビーツは、降り立った小さな岩山の上で、はっと顔をあげ、自分の見ている方向を指さした。

「あ！　ポッドだ！　あそこにポッドがありますよ！」

パラガスはその声にはっと振り返り、ビーツのさし示した方向に転がる球形の物体を見つけた。

「いない……どこに行ったんだ」

開け放たれたハッチのなかは、もぬけの殻《から》だった。

「食われちゃったとか？」

あたりを見回し、ビーツがおびえた声を出す。

パラガスはそれを無視して、取り出したスコープで周囲を見回した。

スコープのなかに、単独の光点が浮かぶ。モードを通常に切り替えると、そこには洞窟《どうくつ》のある岩山があった。

「あっちだ！」

薄暗い洞窟のなかには、大きな卵がいくつも産みつけられていた。サイズから考えて、おそらくあの巨獣にたかるダニのような寄生虫のものだろう。さらに奥に進むと、例のダニが、ばらばらになって転がっていた。

ビーツが、口もとをおさえて情《なさ》けない声をあげる。

「ううぇ……た、たしかにここですか？」

ダニの胴体にスコープを向け、生命探査モードに切り替える。画面に反応はなく、そこに生命力は残っていなかった。完全に死んでいるらしい。

と、なにかがこすれるような小さな物音が聞こえた。

パラガスが、スコープの探査範囲を広げる。広がったフレームの端《はし》に、光点が映し出された。そのまま通常モードに戻し、光点の位置をズームアップする。

そこにあったのは、ちぎれたダニの脚《あし》だった。それが、がさごそと動いている。

声もなく見守るパラガスたちの目の前で、ちぎれた関節の端からのぞいたのは、小さな子供のものらしい手のひらだった。

「お、おお……」

手に続いて、子供の上半身が姿を見せる。汚れた口もとを手でぬぐいながら、小さな顔がパラガスのほうを向いた。

「ブロリー!!」

叫ぶや、パラガスはブロリーに向かって飛び出した。

「怪物を襲い、脚を食べていたのか……さすがだぞ!」

だが、ブロリーは手にしていた肉を投げ捨てると、身を低くして身がまえた。明らかに警戒している。

「あれがブロリー……」

それを端《はた》で見ていたビーツは、深く考えずに自分のスコープをブロリーに向けていた。

ピピッと音を立て、ブロリーの戦闘力が表示される。

「せ、戦闘力九二〇! オレより強いじゃないですか!」

だが、パラガスはかぶりを振った。

「いくら戦闘力が高い天才児といっても、九二〇ではあの怪物は倒せない」

言いながら、パラガスは一瞬でブロリーの背後に回った。気づいたブロリーが暴れようとするが、すでにパラガスの手はブロリーのシッポをつかんでいた。

サイヤ人のシッポは、強靭《きょうじん》な肉体を持つ彼らの数少ない弱点だった。尾をつかまれると、よほど鍛《きた》えていなければ力が抜けてしまう。

「見てみろ……スーツが少し伸《の》びて、ブカブカになっている」

ブロリーを抱《かか》えたパラガスは、息子の戦闘服がゆるくなっているのを見せた。

「あの満月を見て、大猿になったんだろう」

パラガスは、そう言って天に浮かぶ満月にちらと目をやった。


ブロリーを保護したあと、荒れ狂う怪物たちの間を抜け、宇宙船のもとに戻ることができたころには、すでにあたりには夕闇《ゆうやみ》が迫っていた。

あれだけ穏やかだった空模様は、分厚《ぶあつ》い雲に覆われ、空気も冷たくなりはじめている。

「急いでこの星を離れましょう」

船にもどったビーツは、操縦席に陣取り、さっそく点検をはじめている。

「けっこう壊れているな……」

船は、崩れた岩にひっかかって斜《なな》めになったままだった。思ったよりも損傷《そんしょう》はひどく、岩山に接触した際に受けたらしい傷が、船底《せんてい》を中心に大きく広がっている。

船内も、衝撃でパネルが外れたり、配線のショートでそこかしこが焦《こ》げていた。

パラガスはマスクを取り、空《あ》いている座席に放り投げながら、備品を確認するために船内の倉庫に入っていった。

「そ……そんな……」

ビーツの声に、パラガスは倉庫から身を乗り出した。

「どうした？」

ビーツは操縦パネルの下をのぞきこみ、青ざめた顔をしていた。

「メインのフローターが割れている……」

ビーツの足もとには、船の推進力《すいしんりよく》を発生するために必要な、フローターと呼ばれる部品があった。そのまんなかに、大きなひびが走っている。

フローターは、船の底にはめこまれた巨大な結晶体《けつしようたい》だった。船内から見られるのはそのごく一部だったが、それがこれだけ大きくひび割れているということは、見に行かなくても、どのくらい傷ついているか想像できた。

「まさか……直せないのか？」

ビーツはパラガスを振り返り、かぶりを振った。

「絶対に無理です。新しいフローターがないと」

「なんだと！　ここを動けないということか？」

ビーツは頭を抱えた。

「こんなとこじゃ、無線で助けも呼べないですよ……」

その言葉をかき消すように、嵐の前触れの風が、びょう、と音を立てて吹き抜けていく。

捕らえられたブロリーは、気絶させられた状態で、船の外に転がされていた。そのブロリーのまぶたが、ぴくぴくと動き、ゆっくりと開かれる。

意識を取り戻したブロリーは、虚《うつ》ろな目で、闇に覆われつつある空を見あげた。

その耳に、パラガスたちの言《い》い交《か》わす声が響いていた。

「食料と水は、一〇日分ある」

水の入った瓶《びん》を手に、パラガスは倉庫を振り返った。

「たった一〇日で見つけてもらえると思いますか？　やっぱり、強行着陸するべきじゃなかったんだ」

ビーツの言葉に、パラガスはじっと押し黙った。

「これで、ひとり分の食料は助かる」

短い沈黙の後、パラガスはひと言そうつぶやいた。そうして、腰のホルスターから銃を取り、銃口《じゅうこう》をビーツに向ける。

気配に気づいて、ビーツがぼんやりと顔をあげた。一瞬遅れて相手の意図《いと》に気づき、ビーツが身をかわそうとする。

短く銃声が響いた。

口を開きかけたまま、ビーツの表情が凍りつく。胸のあたりにこげた穴を開《あ》け、ビーツの体は、座席の上からごろりと床に転がった。

其《そ》之《の》二《に》
惑《わく》星《せい》ベジータ

DRAGONBALL SUPER

ブロリーが小惑星《しょうわくせい》バンパに追放されてから、五年ほど過ぎたころ。

サイヤ人の戦士バーダックは、故郷《こきょう》へと帰《き》還《かん》する宇宙船のなかにいた。

「バーダックさん……」

自分の名を呼ぶ声を聞いて、バーダックは浅い眠りからゆっくり目覚《めざ》めていた。

「バーダックさん」

「……なんだ?」

バーダックを呼んでいたのは、隣で船を操縦《そうじゅう》していたリークだった。

「そろそろ惑星ベジータですよ」

その言葉に、はっきりと目を覚《さ》ましたバーダックは、正面の窓ごしに近づく惑星ベジータを無言で見つめた。

「ひさしぶりですねえ」

「……ああ」

実際、今回はずいぶん長く家を空《あ》けたような気がする。若いころは何年も転戦《てんせん》することも珍しくなかったが、ギネと所帯《しょたい》を持ってから、年単位で星を離れることは少なくなった。

家族を持ったことで、バーダックのなかでなにか変化が起きたらしい。戦いに身を置き、戦いのためだけに生きるというサイヤ人の本質は、変わっていないように思うが。

「どういうことですかね、サイヤ人は急いで惑星ベジータに集まれだなんて」

着陸に備《そな》えてモードを切《き》り替《か》えながら、リークがいぶかしげな口調《くちょう》でそう言った。

「フリーザの野郎《やろう》の命令らしいけど……」

「スカウターを取れ。聞かれるぞ」

「あっ」

バーダックに指摘《してき》され、リークはあわてて左耳からスカウターを外《はず》す。

リークは、つけることがすっかり習慣化したその装置を、両手で持ったままじっと見おろした。

スカウターは、装着すると強制的に通信機能が作動するようになっている。名目上《めいもくじょう》は、戦闘《せんとう》時の通信を常時記録するためということだったが、戦闘員の監視が本当の目的なのは明らかだった。

リークはスカウターを操縦席の物入れに突っこんでから、窓の向こうに目をやった。

「見てくださいよ、みんなも続々帰ってきてます」

周囲には、宇宙船の航行灯《こうこうとう》がいくつも浮かんでいるのが見えた。拡大すると、そのほとんどがサイヤ人の使う宇宙船だった。

それらを目で追っていたバーダックは、すうっと目を細め、身を乗り出して言った。

「あそこを見てみろ」

リークはバーダックの視線を追って、その先にあったものにはっと息をのんだ。

「フリーザの船だ……」

バーダックの言葉に、リークが不安げにつぶやく。

「まだ時間があるのに、もう待機《たいき》しているのか」

フリーザが、サイヤ人に集合をかけた日時は、まだもう少し先だった。

そもそもサイヤ人を見下《みくだ》しているフリーザが、そのサイヤ人とかわした約束を守ることなどまずないと言ってよかった。それが、こんなに早く姿を見せるとは。

「おかしいと思わんか」

フリーザの船が待機する軌道《きどう》を横切り、惑星ベジータへの降下《こうか》に移ったところで、バーダックがふたたび口を開いた。

「話があるなら、わざわざ星に帰らせなくても無線ですむ」

リークの目が、かすかに見開かれた。

「新兵器を渡したいなら、急いで集める意味もない」

バーダックがそう言ったところで、船に軽い衝撃《しょうげき》があった。大気圏《たいきけん》に入ったのだ。

「……こいつはやっぱり、なにか裏がありそうだ」

「え……なんですか、裏って……」

リークが、不安げな顔を向けてくる。

「もともと、星を征服して売るのは、オレたち戦闘《せんとう》民族サイヤ人の生業《なりわい》。それを、フリーザの父親コルドは、強引《ごういん》に力でねじ伏せ、配下にしやがった……」

「昔のことじゃないですか」

おどおどと返すリークに、バーダックは逆に聞き返した。

「いまはうまくいってると思うか？」

「そりゃあ、フリーザが好きなサイヤ人なんていないけど……」

リークは答えながら、慣《な》れた手つきで船を着陸態勢《たいせい》に移していく。やがて、軽い浮揚感《ふようかん》と小さな衝撃があって、船は宇宙港の発着場の外《はず》れに着陸した。

バーダックは、座席から立ちあがりながら、こう続けた。

「フリーザも、サイヤ人をそう思ってるはずだ……」

「えっ？」

おなじく立ちあがろうとして、リークがバーダックを見あげ、一瞬固まった。

「いまやフリーザ軍は大きくなった……うっとうしいサイヤ人がいなくても、なんとかなるだろう」

宇宙船の天井部にあるハッチからふわりと舞いあがり、地上に降《お》りたバーダックたちは、そのまま歩きながら話を続けた。

「ま、まさか、オレたちを絶滅《ぜつめつ》させるつもりだっていうんですか!?」

背後からのリークの声に、バーダックは手にしたバッグを、くるりと跳《は》ねあげ、肩にかけてから、にやりと笑って振り返った。

「もしかしたら、な？」

リークはきょとんとなったが、頭をかきながら苦笑《くしょう》を浮かべた。

「いっ、いやだなあ、バーダックさん」

「よう」

聞《き》き覚《おぼ》えのある声に、バーダックは振り返った。

「バーダック！　生きて帰ってきたか」

そこに立っていたのは、古い戦友のタロだった。

「おい、この召集《しょうしゅう》命令の理由を知っているか？」

タロはかぶりを振った。

「さあな。よほど大物の星を見つけたんじゃないか？　オレたち全員じゃないと、征服できないようなさ」

タロのいかにもサイヤ人らしい考えに、バーダックは小さく肩をすくめてみせた。

「そうか！　それですよ！」

リークが大きくうなずく。本当にそうなら、無線で指示すればこと足《た》りることは、さっき船のなかで言ったはずだが。

「そういえば、フリーザ直属《ちょくぞく》の連中が、超《スーパー》サイヤ人について聞き回ってたな」

ふとタロの発したその言葉に、バーダックは足を止め、旧友を振り返った。

「超《スーパー》サイヤ人？　伝説の、か？」

バーダックのなかの疑念が、確信に変わっていた。

「それだ……」

惑星ベジータ上空に浮かぶ船の上で、フリーザはお付きの科学者であるキコノの報告を受けていた。

戦闘力はないに等しかったが、先代のコルドから仕《つか》えてきたこともあって、知識が豊富で、頭が回る種族だった。もちろんフリーザが他人を信用することなどなかったが、キコノは役に立つうえに、見ていても腹が立たないのでそばに置いている。

「超《スーパー》サイヤ人に、超《スーパー》サイヤ人ゴッド……調べましたが、ただの伝説のようですね」

「……そんなことだろうと、思ってましたけどね」

ツボのような形をした、お気に入りのフローターポッドの上で、フリーザはいつものように傲慢《ごうまん》な微笑《ほほえみ》を浮かべていた。

「このわたしには、一抹《いちまつ》の不安もあってはならないので、念のためですよ」

「では、攻撃は中止に？」

フリーザは鼻で笑った。

「おっほほ……ご冗談を」

きょとんとなるキコノの後ろで、世話役のベリブルが、底意地《そこいじ》の悪そうな顔でうなずく。

フリーザは、窓の外に広がる惑星ベジータに目を向けたまま、楽しげな声で続けた。

「せっかく集まってもらっているんですよ？　星ごと消えていただく、絶好の機会《きかい》じゃないですか」

邪悪《じゃあく》な笑《え》みを満面に浮かべ、フリーザはじっと目の前の惑星に見入るのだった。


「お帰りなさい、バーダックさん」

「おう」

顔見知りからの挨拶《あいさつ》に手をあげて返しながら、バーダックは自宅への道を急いでいた。

街《まち》なかは、いつになくどこも賑《にぎ》わっていた。

バーダックの妻はギネという。商店街にある、肉屋で暮らしを立てている。

その日も、ギネは大きな肉切り包丁《ぼうちょう》を振るい、仕事に精を出しているところだった。

「よう、帰ったぞ、ギネ」

バーダックの声に、ギネがさっと顔をあげる。

「バーダック！」

バーダックは荷物を地面に落とし、駆《か》け寄《よ》ったギネを抱きとめた。

「街はずいぶんにぎやかだな？」

「ああ、みんな帰ってきてるからね」

ギネはそう答えてうなずいてから、バーダックから少し身を離して、調理用の手袋を外《はず》した。

「ラディッツは？」

ギネの肩に手を回しながら、バーダックは店の奥に目をやった。

「もう、戦闘員だよ。ベジータ王子と組んで星に行ってる。まだ帰ってきてないけどね」

バーダックの眉《まゆ》がひそめられる。

「ベジータ王子か……やっかいなヤツと組まされたな」

そうつぶやいてから、バーダックはギネの顔を見た。

「カカロットは？　まだ保育カプセルのなかか？」

その問いに、ギネはうれしそうに笑った。以前のバーダックは、こんなに子供のことを気にかけたりしなかったからだった。

「ああ、もうそろそろ出すけどね。見るかい？」

長男のラディッツに比《くら》べると、カカロットは小さい体で生まれてきた子だった。戦闘力も平均より低く、バーダックの見立てでは戦士としての見こみはあまりないように思われた。

「小さいな……」

店の奥に設《しつら》えられたカプセルのなかで、カカロットは静かに眠っていた。

「成長が遅いタイプみたいだ。でも、あんたにそっくりだろ？　特に独特な髪型がさ」

だが、カカロットを見るバーダックの表情は、なにか考えこんでいるかのように、ひどく真剣なものだった。

長い沈黙の後、バーダックは口を開いた。

「夜になったらポッドを盗んでくる。こいつを星に飛ばしてやるんだ」

ギネの顔から笑みが消えた。

「ええっ、冗談だろ？」

「いや、本気だ」

ギネに向けた顔から、バーダックが冗談を言っているわけではないことがすぐにわかった。

「なんでいま、わざわざそんなことするんだよ！　まだ、言葉も教えてないのに！」

「どうせカカロットの潜在《せんざい》能力じゃ、飛ばされる運命だ。だったら、少しでもましな星に

「飛ばしてやる」

「でも、まだ早すぎるよ……」

言いかけて、ギネは気づいた。バーダックが、気まぐれでそんなことを言っているわけではないことに。

「時間がないかもしれないんだ」

「時間が？」

バーダックはギネにうなずきながら、カカロットに目をやった。

「フリーザは、伝説の超《スーパー》サイヤ人の出現を恐れている……」

「超《スーパー》サイヤ人？ そんなの、ただの作り話じゃないか!!」

バーダックは、うなずきながら苦笑を浮かべた。

「ああ。だがヤツは気になってしょうがない。そして、よからぬことをたくらんでいる」

「はあ？」

ギネは、バーダックの言おうとしている意味を察して、小さく驚きの表情を浮かべた。

「オレには、死の予感がするんだ」

バーダックは、そう言いながら顔をあげ、考えこむようにじっと前に目をやった。

その夜、町外れの荒地《あれち》を走るふたつの人影があった。

バーダックとギネだった。

「やっぱりよそうよ、こんなこと」

「心配するな。オレのカン違いだったら、すぐ助けに行ってやる」

個人用のポッドを肩にかついだバーダックが、すぐ後ろを走るギネを振り返る。

ポッドのなかからは、かすかな泣き声とバンバンと手のひらを打ちつける音が聞こえていた。

「だったらさあ、三人でどこかに逃げようよ」

すがるように言うギネに、バーダックはかぶりを振った。

「ダメだ……オレたちは、スカウターですぐに見つかってしまう」

「でも、なんでそこまでして？」

ギネは、バーダックの背中に問いかけた。

「男が子供の心配をするなんて、サイヤ人らしくないよ」

バーダックは足をゆるめて、前を向いたままその問いに答えた。

「いつも戦いのなかにいて、気まぐれでなにかを救いたくなったのかもな……とくに、下級戦士と判定されたわが子を」

バーダックは肩からポッドを降ろし、すこし寂《さび》しげに笑った。

ポッドが地面に置かれ、動きが止まると、なかで続いていた泣き声がやんだ。ハッチにはめこまれた小窓に、カカロットの涙でべたべたになった顔がのぞく。

「地球という遠い星をプログラムしておいた。技術力も、戦闘レベルも低い人間のいる星だ。おまえでも生きていけると思う」

バーダックの言葉が聞こえているのか、カカロットが窓に両手を押しつけ、顔をあげた。

「それに、たいした価値がないので、フリーザ軍に狙《ねら》われる可能性も低い」

そう言ってバーダックがポッドから身を離すと、入れ替わるようにギネが身を乗り出す。

「バーダックの考えすぎだったら、すぐに迎《むか》えに行くからね」

「いいか、絶対生《い》き延《の》びるんだぞ！」

「また会おうね」

バーダックは、ポッドの窓越しにカカロットに向けて手を差し出した。

「じゃあな」

つかの間、カカロットの手とバーダックの手が重《かさ》なる。カカロットは父親の手をつかもうとするかのように、手を握《にぎ》りしめた。

ふわり、とポッドが舞いあがった。

最初、空中を漂《ただよ》うように浮かんでいたポッドは、すこしずつ速度を増し、星空のなかへとまぎれていく。

「カカロットォー！」

ギネはこらえきれなくなったか、すでに光の点になったポッドを追って走りだしていた。ポッドが輝きを増した。推進《すいしん》エネルギーを全開にして、一気に加速する。カカロットを乗せた小型ポッドは、天を横切る流星となって、宇宙のかなたへと消えていった。

「ああ……」

顔をおさえ、くずおれるギネの肩を、バーダックがそっと抱き寄せる。それからふたりは、ポッドの飛び去った方向をじっと見やるのだった。

フリーザが、サイヤ人に集合を命じた時刻となった。

キコノは惑星ベジータに目をやりながら、神経質な口調で言った。

「サイヤ人がいなくなると、兵力が半減してしまいますが……」

「それぐらい、なんとでもなりますよ。彼らはしかたなく従順《じゅうじゅん》なふりをしていますが、いつ牙《きば》をむくとも限りません」

キコノは、驚いた顔でフリーザを見あげた。

「なんといっても、戦闘民族ですからね……ホコリが舞いあがる前に、お掃除《そうじ》しておか

ねば」

フリーザの船の上部にあるハッチが、ゆっくりと開いていく。そのなかから姿を見せたのは、フローターポッドに乗ったフリーザだった。

目を細めて惑星ベジータをながめていたフリーザは、悪意をこめた笑みを浮かべたかと思うと、人差し指を立てた右手をゆっくり持ちあげた。

その指先に、小さく、まばゆい光が灯《とも》る。そうして、指先が高く差しあげられるとともに、指先の光は、突然その大きさを何倍にも増していった。

フリーザの作り出した巨大な光球《こうきゅう》は、惑星ベジータの地上からもはっきり見えるほどだった。

それがどういうものか、サイヤ人たちは最後の瞬間まで理解することができなかった。

その、おぞましい力の塊《かたまり》の前に、バーダックはいた。

いまや視界の大半を占《し》める大きさになった光球が、ゆらり、と動いた。と、それは見る間に加速して、惑星ベジータに迫ってくる。

見ただけで、体がすくみあがりそうなエネルギーがそこにあった。

だが、バーダックは不思議《ふしぎ》に落ち着いていた。

「おおおおおおおおお!!!」

全身の力をかき集め、渾身《こんしん》のエネルギーを両手にためていく。

あの光球を撃ち抜いてやる。

バーダックは、上下に合わせた両手のひらを、獣《けもの》の吠《ほ》え声《ごえ》にも似た気合いとともに、一気に前へと突き出した。

「はあっ!!」

轟音《ごうおん》とともに解放されたエネルギーは、光の束《たば》となってフリーザの放った光球へとまっすぐに向かった。

短い間があった。迫る光球の表面に、一瞬、輝きが広がる。

だが、それはまさに一瞬のことだった。まがまがしい光の球《たま》は、バーダックのエネルギーを飲みこんで、そのまままっすぐ向かってきた。

バーダックは、目の前に迫ったエネルギーの塊を、両腕を広げて受け止めようとした。

とたん、すさまじい力がバーダックの全身に襲《おそ》いかかる。

「ぐ……ぐああああああ!!!」

すでに力を使い果たしていたバーダックは、長くそれに耐えることはできなかった。

襲いかかっためちゃくちゃな力の奔流《ほんりゅう》に押し流され、バーダックは、光のなかにその姿を消していった。

フリーザは、惑星ベジータが、自《みずか》らの放《はな》った光弾《こうだん》によって消滅していくさまを、宇宙船の上からながめていた。

中心核を撃ち抜かれ、形を保てなくなった巨大な惑星が、ゆっくり崩壊《ほうかい》していく。やがてバラバラになった惑星の破片《はへん》が、爆発の閃光《せんこう》とともに飛び散るのを見届けると、フリーザは満面《まんめん》に笑みを浮かべた。

「これですっきりしました」

フリーザのスカウターには、惑星ベジータ全体の戦闘力数値が表示されていた。それは惑星が崩壊《ほうかい》すると同時にみるみる減少し、そして警告音とともにゼロとなった。


そこは、惑星ベジータから遠く離れた戦場だった。

「なんだって!?」

サイヤ人のナッパは、仲間のひとりがスカウターに手を当て、驚きの声をあげるのを聞いた。

「どうした?」

「フリーザ軍から連絡が……惑星ベジータに隕石《いんせき》が衝突して……しょ、消滅したと」

「な、なんだと!?」

驚きを隠せないナッパの隣で、別の仲間が天を仰《あお》いだ。

「ほとんどのサイヤ人は、全滅ってことか……なんで隕石の接近がわからなかったんだ」

ベジータとラディッツは、少し離れた場所で、大人たちの話を聞いていた。

「ラッキーだったっすね。オレたち、フリーザの集合命令を無視して」

ラディッツの言葉に、果物《くだもの》をかじっていたベジータは、不機嫌《ふきげん》そうに吐き捨てた。

「ちっ……ベジータ王になりそこなったか」

「ベジータ、弟がいただろ」

ナッパが、ベジータたちのもとに近づいてきた。

「そういやあいつ、どうしたんだろうな。ま、興味もないが……」

仲間のひとりが、ラディッツを見る。

「ラディッツにも弟が」

「へん……あいつは下級戦士って判定だったから、家庭用の育児カプセルのなかですよ。みっともない」

ラディッツはそっけなかった。

ナッパが、他の仲間たちと顔を見合わせる。

「あっ……母さんから、ポッドで飛ばされたって連絡があったか……どうでもいいっすけどね」

ラディッツはそう言いながら、ついいましがた片づけた異星人たちの死体を見回す。

「ふん」

ベジータは空を見あげ、つまらなさそうに鼻を鳴らした。

カカロットを乗せた小型ポッドは、はるかな距離を飛び越え、地球へと到着しようとしていた。

それからいくつもの出会いと別れ、そして戦いがあり——地球で悟空《ごくう》と名づけられたカカロットと、ベジータ、そしてフリーザたちが出会うまでには、それからさらに長い歳月《さいげつ》が必要となった。

そして、すべての始まりから数えて四〇と一年の後。

一二の宇宙を巻きこんだ、『力の大会』が終わってしばらくたったある日、西の都から南にはるか離れた孤島《ことう》から、物語の続きは始まった。

其《そ》之《の》三《さん》

フリーザ再《ふたた》び

DRAGONBALL SUPER

「だりゃっ！」

悟空《ごくう》の気合いとともに、空気を切《き》り裂《さ》く鋭《するど》い音が、立て続けに響《ひび》く。

同時に、ベジータの息吹《いぶき》があたりを震わせた。

「はあああっ！」

近くの浜辺《はまべ》から、爆発したように砂が舞いあがる。ひとつ、ふたつ、みっつ。四つめからは水柱《すいちゅう》に変わって、さらに沖へと続いていく。

その水柱を吹き飛ばしながら、からみ合うふたつの影が、疾風《しっぷう》のように海の上へと移動していった。

ドン、ドドンとなにかが破裂《はれつ》するような音とともに、空中で白濁《はくだく》する空気の球《たま》がいくつも生まれ、消える。わずかに遅れて、静かな海面が大きくえぐられたようにへこみ、それがいくつも形作られて、まるで嵐でもきたかのように大きな波が生まれ、砂浜に叩《たた》きつけてきた。

ブルマは生まれて間もない娘、ブラを乗せたベビーチェアの隣に座って、ふたりの手合わせを慣れた顔で見あげていた。

ブルマと破壊神《はかいしん》ビルス、そしてその付き人のウイスは、テーブルや椅子《いす》、サマーベッドまで持ち出して、新築の別荘の前でくつろいでいるところだった。

「はぁ～、食べ物、空気！　ほんと素敵《すてき》すぎる別荘です！」

ウイスは特別製のケーキに舌つづみを打ちながら、うっとりとそう言った。

ひょろりと背の高い、すこしなよっとしたこの人物が、宇宙最強の破壊神よりさらに強いとは、いまだに信じられなかった。それでも、ウイスが時間を巻き戻したり、星の爆発から助けてくれたりしたことを考えれば、まあウソではないのだろう。

「ねえ？　ブルマさん」

同意を求めて無邪気《むじやき》な笑顔を向けてくるウイスを、ブルマは自慢げな表情で見た。

「いいでしょ～」

ビルスは、ブルマたちと並んで、サマーベッドの上で横になっていた。見た目は猫《ねこ》型の異星人だが、彼は破壊神――鼻歌まじりに星を吹き飛ばす力の持ち主だった。

「…………」

どうやら、悟空たちの戦う音がカンに障《さわ》るらしい。ビルスはもともと、いつも不機嫌《ふきげん》顔なのだが、今日は特に機嫌が悪そうに見えた。

ビルスが見あげた先では、悟空とベジータの修業《しゆぎよう》がさらにエスカレートしていた。

「だあっ！」

ベジータの一撃が、ついに悟空をとらえていた。かわせないと悟《さと》った悟空は、腕を頭上で交差させて、ベジータが振《ふ》りおろす腕《うで》を受け止めた。

ベジータが突き放すと、悟空はそのまま後方へ飛んで、不意《ふい》をつくように突然空中でブレーキをかけた。すかさず拳《こぶし》を打ちこんでくるベジータを、ぎりぎりまで引きつけて、攻撃を止められないところで見切ってかわす。

ベジータはその勢いのまま、海へと突っこんでいった。

水柱をあげて水中に消えたベジータを追って、悟空が波立つ水面に降《お》り立《た》つ。そこへ、水中に身を隠していたベジータが飛び出してきた。

水の上を滑《すべ》るような動きで拳を打ち合わせる悟空とベジータは、はたから見てもひどく楽しげに見えた。

「何年も前から作っていたのよ」

立て続けにあがる水柱をにこにことながめながら、ブルマが続けた。

「西の都から南に一六〇〇キロ、このなんにもない島なら、すこしくらい暴れても大丈夫」

沖で、特大の水しぶきがあがった。ブルマはそれを見ながら、苦笑《くしょう》ぎみに肩をすくめて見せた。

「あいつら、そのうち西の都を壊《こわ》しかねないからね」

ふたりは激しく打ち合っていた。かわす動きを捨てて、ひたすら渾身《こんしん》の攻撃を叩きこむ。

まともにくらえばただではすまない一撃ばかりだったが、悟空とベジータは、互いの攻撃を受けきることをまるで楽しんでいるかのように繰《く》り返《かえ》している。

「はぁあっ！」

水面すれすれまで身をかがめたベジータが、悟空に向かって伸び上がるようにアッパーを叩きこむ。

「ぐあっ」

すさまじい勢いで後方に吹っ飛ぶ悟空だったが、気合いとともに空中で動きを止め、前に飛び出しながら、攻撃を放《はな》ったばかりで無防備な状態のベジータに、全力の蹴《け》りを打ちこんだ。

「ぐおっ!!」

派手《はで》に水切りの波をたてながら、ベジータが後ろに吹っ飛んでいく。

浜辺に、雨のように水しぶきが降ってきた。

「がぁあああああっ!!」

ビルスだった。ベッドから立ちあがり、どかどかと足音を響かせながら浜辺に歩いていくと、肩をいからせて大声で叫んだ。

「うるせ――――っぞ!!!」

次に向けて身がまえあっていた悟空とベジータは、キレたビルスの声に思わず動きを止めた。

「もうちょっと!! 静かに戦ええっ!!」

こめかみに血管を浮かびあがらせたビルスが、バンバンと足を踏《ふ》み鳴《な》らした。

結局、そこで今日の修業は終わりになった。

「はーらへったー!」

席に着くなり、悟空は出されたスイーツを、いつものようにガツガツとほおばりはじめた。

「修業のあとは腹減《はらへ》ってしょうがねえ。それにしてもうめえな、これ」

「ところで悟空さん」

ウイスだった。彼は食事の手を止め、細めた目で悟空を見た。

「なぜ、これ以上の強さを求めるのですか?」

ベジータは、その時ひとり離れて海を見ていた。それが、ウイスの言葉に反応したか、悟空たちのほうに向き直る。

ウイスは続けた。

「もしかして、破壊神の座を狙《ねら》っているのでは?」

「ん?」

悟空はもぐもぐと口を動かしながらも、顔をあげてウイスを見た。

「なんだと？　それは聞き捨てならんな」

ビルスが身を起こし、悟空を見る。

声は不機嫌そうだったが、不思議《ふしぎ》に表情はさっきよりもましに見えた。というより、どこか興味深げにも感じられる。

「違うよ～」

悟空は、ビルスに向かってあわてたように両手を振って、席から立ちあがった。

「なりたかねえって、そんなの」

「そんなので悪かったな」

とたんにビルスが不機嫌な顔に戻る。

悟空は席を離れ、ベジータの立つ方向に歩きだしながら、言った。

「このまえの全宇宙の大会でさ、他の宇宙にはまだとんでもねぇヤツがいるってわかったから、オラ燃えてんーだっ！」

その言葉と同時に、悟空の髪の毛が金色に変わり、音を立てて全身から気が噴《ふ》き出《だ》した。

ベジータが鋭い視線を向ける。

「きさまの目は、すでにほかの宇宙に向いているってことか……」

そう言ってから、ベジータはムスッとなって横を向いた。

「あいかわらず、おめでたいヤローだ」

悟空が超《スーパー》サイヤ人を解《と》く。同時に、今度はウイスがベジータにたずねた。

「では、ベジータさんは、なぜこれ以上の強さを求めるのですか？」

「フリーザだ！」

ベジータは、悟空を押しのけて身を乗り出した。そうして、悟空に向かって指を突きつける。

「ここにいるバカヤローが、よりによってあんな悪魔を復活させやがったからな!!」

「なんだよ、フリーザがいなかったら、オラたちの第七宇宙はなくなっちまったかもしれねえだろ」

口をとがらせて言い返す悟空に、ブルマが驚いた顔を向けた。

「あら、そうなの？」

「ああ、あいつに助けられた」

うなずく悟空の横で、ベジータが吐き捨てる。

「バカめ!! あれは、自分のことを考えてやっただけだ」

ベジータの脳裏《のうり》に、金色に輝くフリーザの姿が浮かんでいた。

「このまえ、地球にやってきたフリーザを見ただろう。ヤツは、短期間であそこまで仕あげてきた……」

「さらに力をつけて、またオラたちを倒《たお》しに来るっていうのか？」

「間違いなくな」

顔をしかめて答えるベジータに、悟空は首をかしげ、間延《まの》びした声で言う。

「そうかなぁ？　生き返らせてやったのに？」

ベジータは悟空に向き直り、口から泡《あわ》を飛ばして怒鳴《どな》った。

「バカめ！　あいつが、そんなことで恩を感じるとでも思っているのか!!」

ベジータの勢いにたじたじとなりながら、悟空も不満げに返す。

「おめえ、何回バカって言うんだ？」

ベジータのなかで、なにかプチンと切れた音が聞こえた。

「何度でも言ってやる!!　ヴァアアアアカァアアアア!!」

いつもどおりの微笑《ほほえ》ましいやりとりを見ていたブルマは、腕の通信機がアラーム音を鳴らしていることに気がついた。

「トランクスだ」

ブルマが腕時計型の通信機をのぞきこむと、息子《むすこ》のトランクスの顔が小さなスクリーンにあらわれた。後ろで飛《と》び跳《は》ねているのは、悟空の次男の悟天《ごてん》のようだった。

「なに？」

『研究室に泥棒が入ったみたいだよ』

「えっ？　なにを盗られたの？」

『監視カメラを見てみるね』

トランクスは、腕の通信機を操作して、監視カメラからの映像を映《うつ》し出《だ》した。明らかに室内は荒らされていて、あちこちに物が散らばっている。

『えっと……』

タイムバーを操作して、映像を過去にもどす。トランクスは、荒らされる前の研究室までさかのぼってから、現在の映像と比較した。即座に画面が解析《かいせき》され、その場にないものの輪郭《りんかく》が表示される。

『ママが集めていたドラゴンボールと、ドラゴンレーダーだね』

「なんですってー！」

ブルマは、通信機に顔を向けたまま、そう叫んで突然立ちあがった。

『うわっ!!』

画面の向こうのトランクスと悟天が、驚いてのけぞった。

「だから言っただろ。おまえはセキュリティーが甘いんだ」

ブルマの横へ来て、通信機のスクリーンをのぞきこんでいたベジータが、しかめっ面《つら》でそう言った。

『あのね、ママ』

通信機の向こうから、トランクスが言った。

「ん？」

『映《うつ》ってた犯人なんだけど』

言いながら、トランクスは画面を監視カメラの録画に切り替えた。

『パパみたいな服を着てるよね』

そこに映っていたのは、天井からロープ伝《づた》いに降りてくるふたつの人影だった。顔を隠そうとしているのか、ほおかむりのようなものをしているが、身につけている戦闘《せんとう》服は間違いなくフリーザ軍のものだった。

「あっ!!」

ブルマとベジータが、同時に声をあげた。

ブルマとベジータが目を合わせ、うなずく。事情が飲みこめないらしく、悟空はひときょとんとした顔でふたりを見た。ベジータが、イラついた顔で悟空を見る。

そんなふたりに苦笑《くしょう》しながら、ブルマは通信機に向かった。

「サンキュー、トランクス」

『へへ』

ブルマの声に、スクリーンの向こうでトランクスがにこにこと手を振った。そのまま、画面が消える。

ベジータは、悟空に目をやった。

「犯人はフリーザ軍だな……オレたちに気づかれないように、わざと戦闘力の低い連中を使ったんだ」

「フリーザのヤツ、しつこくドラゴンボールを狙ってたんだ……」

ブルマが厳《きび》しい顔でつぶやく。

「あいつ、いまさらどんな願いがあるんだろ」

悟空は腕組みをして、眉《まゆ》をひそめた。

「神龍《シェンロン》の力を超《こ》える願いはできねぇから、宇宙一強くしてくれってのは、無理だし……」

「決まってるだろ、あいつの願いは死なないことだ」

ベジータが、なにを言っているという調子で悟空を見た。

「でもさぁ〜、死ななくても負けたら意味ねえだろ」

「それでもあいつは、いつかオレたちを超える可能性がある!!」

「そっかぁ?」

悟空はあいかわらず危機感のない顔で、首をかしげた。

ベジータはさらになにか言おうとしたが、悟空をにらんだまま黙りこんだ。

「あたしが持っていたドラゴンボールは六個よ。最後の一個を求めて、その場所に行くはずだわ」

ブルマの言葉に、ベジータがさっと顔を向ける。

「どこだ？」

「氷の大陸よ。寒いの苦手《にがて》だから、後回しにしてたの」

「氷の大陸？」

すぐ後ろから首を突き出す悟空に微笑《びしよう》を返しながら、ブルマはウイスとビルスを見た。

「あなたたちも行く？」

「ふん、ボクは昼寝をする」

ビルスはブルマを見返してから、腕枕をしてベッドに横になった。

「ああら、面白《おもしろ》そうじゃありませんか」

ウイスが言うと、ビルスは横になったまま片目を開《あ》けた。

「うまいものあるか？」

ブルマが、肩をすくめて答える。

「それは期待できないわね」

「じゃあ、やめとく」

「よかったぁ〜。じゃあ――」

ブルマはブラを抱《かか》えると、手早く抱っこヒモに乗せてから、ビルスの肩に結びつけて言った。

「ブラの面倒《めんどう》見てて!!」

赤ん坊を抱えて呆然《ぼうぜん》と見あげる破壊神を尻目《しりめ》に、ブルマたちを乗せた小型ジェットが上昇していく。

「よっろしくねー!」

「おっほほほ、行ってきまーす」

頭上から、ウイスの楽しげな声が響く。

「おい! こら――――!!」

上機嫌のブラにまといつかれながら、ビルスは飛び去る小型ジェットに向かって握《にぎ》った拳を振り回した。


「氷の大陸は寒いわよ～」

ジェットの操縦席《そうじゅうせき》で、ブルマが陽気《ようき》な声をあげた。

「途中で防寒着《ぼうかんぎ》を買わなきゃ」

「なんでブルマは、ドラゴンボールを集めてたんだ?」

貨物《かもつ》スペースであぐらをかいて座っていた悟空が、突然そうたずねた。

ブルマはしばらく黙ったあと、不機嫌そうに言った。

「うるさいわね……」

「教えろよー」

悟空はしつこく聞いてきた。

短い間《ま》のあと、ブルマはきまり悪げに答えた。

「若返ろうとしたのよ……五歳くらいね……」

「そんなくだらねえことで、ドラゴンボールを!?」

驚いて立ちあがる悟空を、操縦席から振り返ったブルマが怒鳴りつけた。

「やかましい!! あんたたちサイヤ人にはわからないわよ!」

ベジータはといえば、自分は関係ないという顔で悟空のいる貨物スペースの反対側に座っていた。それが、若返りの話を耳にして、ちらとブルマに目を向ける。

「ふん……」

それから不機嫌そうに鼻を鳴らし、ベジータはむっつりと目を閉《と》じた。

イライラと操縦桿《かん》を握るブルマの顔を、副操縦席のウイスがのぞきこむ。

「なんで五歳なんですか？　どうせならもっと——」

「一気に若返ったら不自然でしょ！」

ブルマはふくれっ面《つら》で前を向いた。

「きっと言われるわ……あら、ブルマさん、急にお若くなったんじゃない？　もしかして整形かしらー、とかね」

悟空が笑った。

「さてはおめえ、ちょくちょくドラゴンボール使っててんな」

ブルマは冷たい目で悟空を振り返ると、いきなりジェットのスロットルを全開にした。

「うわっ!!」

突然の加速に、完全に無防備だった悟空が思いっきり後ろに吹っ飛んでいく。荷物の山に突っこんで、崩《くず》れた山のなかから驚き顔の悟空が首を突き出した。

「あはははははは」

楽しげに笑う悟空の顔を見て、ベジータはむすっと横を向いた。

「フリーザさま」

司令室に入ってきたキコノが、司令席のフリーザの横に立ち、報告した。

「ベジータの妻が、ドラゴンレーダーとともに、すでに六個ものドラゴンボールを所有していたようで。それを入手し、最後の一個を求めて現在向かっているようです」

フリーザは、微笑を浮かべてキコノを見おろした。

「それはすばらしい報告ですね」

「では、地球に向けて船を発進させましょうか？」

「いえ。七個すべて見つかってからでいいでしょう」

フリーザは正面に向き直り、答えた。

「あせって到着するのは危険ですよ。ヤツらはスカウターがなくても、高い戦闘力の接近がわかるようですから」

「わかりました」

なるほどとうなずくキコノに、フリーザは続けて言った。

「願いのかなえ方は、メモしてありますね？」

「はい、抜かりなく……ところで――」

「なんですか、キコノ？」

キコノは恐縮して身を縮《ちぢ》めながら、おそるおそるたずねた。

「その……ドラゴンボールが集まったとして、フリーザさまはどのような願いをかなえられるおつもりなのかと……。以前から言っておられた、不死身《ふじみ》の肉体ですか？」

フリーザは機嫌がいいらしく、答える声に苛立《いらだ》ちは感じられなかった。

「ほーっほっほっほっほ。違いますよ」

「え？」

意外そうな表情を浮かべるキコノから窓の外に視線を移して、フリーザは静かに続けた。

「地球の地獄というところで、動けなくされてわかりました。死ななくても動けないんじゃ、苦痛なだけだと……」

話すうち、フリーザの眉間《みけん》に深くシワが刻《きざ》まれていく。よほど嫌《いや》な経験をしたらしい。

「では……たとえば、ダメージを受けないとか」

フリーザは、かぶりを振りながらふたたびキコノを見た。

「それじゃあ、ゲームが面白くなりません」

キコノは、顎《あご》に指を当てて考えこんだ。

「うーん……なんでしょう……」

フリーザは愉快《ゆかい》そうに笑った。

「ほほほほほ、当たりませんよ」

そこで口を開いたのは、それまで黙って話に耳を傾《かたむ》けていたベリブルだった。

「身長を、伸《の》ばしたいのでございましょう？」

世話役の老婆を振り返ったフリーザは、大きく目を見開いていた。

キコノは顔を青ざめさせ、思わず身を引いていた。

「べ、ベリブルさん!!　なんてことを……」

だが、ベリブルは平然と、変わらぬ口調でこう言った。

「陰《かげ》でフリーザさまをチビと言っていた兵士を、何人も消されていますからねえ」

フリーザは、引きつった苦笑を浮かべ、ベリブルから顔をそむけるようにしながら答えた。

「さすがですね、ベリブルさん。正解です」

「えっ、正解なんですか!?」

驚きのあまり身を乗り出すキコノに、フリーザは笑《え》みを消した顔を向けた。

「誰にも言わないと、約束できますか？」

「も……もちろんです！」

キコノは、ちぎれそうな勢いで首をタテに振った。

フリーザは、少しきまり悪げな顔で、指を五本立てて見せた。。

「身長を、五センチ伸ばしたいんです」

「えっ……で、でしたら、第二形態あたりの変身のままであれば、十分な身長が――」

「いいえ、わたしは、普段《ふだん》や最終形態で大きくなりたいんです」

フリーザの顔は、真剣そのものだった。

「では……なぜ、わずか五センチ……」

フリーザは、キコノをにらむように見おろす。その顔には、汗が浮かんでいた。

「一気に大きくなったんじゃ、不自然でしょ!!」

キコノは、フリーザの頬《ほお》のあたりが、ちょっぴり赤く染まっているような気がしたが、賢明《けんめい》にもそれは口にしなかった。

「まだ成長している感じにしたいんです」

「な……なる……ほど……」

キコノには、それだけ答えるのがやっとだった。


辺境《へんきょう》の宇宙を飛ぶ宇宙船があった。

フリーザ軍の所属を示すマークのついたその船には、緑色の肌《はだ》をした白い髪の少女と、赤い肌のひょろりとした老人が乗っていた。

「こんなところ、誰もいねえって」

窓から浮遊する岩をながめながら、少女——名前をチライという——がぼやく。

「ましてや、最低でも戦闘力一〇〇〇のヤツなんて、なかなかいないぞ」

「しょうがないだろ。軍の再生のために、ひとりでも多くの戦闘員を探してこいって命令だ」

赤い肌の老人——レモが、操縦席から振り返りもせず答えた。

「戦闘員、いっぱいいたんだろ？」

チライの声に、レモはかぶりを振った。

「ウワサじゃ、ふがいない戦いをしたから、フリーザさまに全員殺されたらしい」

「なんだよ、それ」

「チライ、おまえはなんでフリーザ軍に？」

レモの後ろの座席に座りながら、チライが答える。

「銀河《ぎんが》パトロールの宇宙船を、盗んだのがバレちゃってさ。フリーザ軍なら、ヤツらも手を出さないだろ？」

レモは、呆《あき》れ顔で小さく天を仰《あお》いだ。

「クズだな」

「まあね～」

悪びれもせず、チライは笑った。

「レモさんは、ずっとフリーザ軍だったんだろ？　会ったことあるのか？　フリーザさまに」

レモは肩越しにチライを振り返った。

「オレは戦闘員じゃない。ステーションで見かけたことがあるだけだ」

チライは身を乗り出した。

「ちっちゃいらしいね」

レモは目をむいた。

「二度と、そのことを口にするんじゃないぞ。生きていたいんならな」

レモの言葉から、ただならぬものを感じたチライは、神妙《しんみょう》な声になって答えた。

「わかったよ」

「息が臭《くさ》いってだけで、殺されたヤツもいるんだぞ」

言葉だけなら冗談にも思えたが、レモの口調は真剣そのものだった。

「しかし、じいさんと女を使うようじゃ、フリーザ軍もそろそろヤバいかもね」

その時だった。

船内に、アラーム音が響いた。チライが、驚いてあたりを見回す。

「え……なんだ？」

レモはモニターに表示されたメッセージに目をやった。

「救難《きゅうなん》信号だ……しかも、ずいぶん古いタイプのフリーザ軍の信号だぞ」

チライもモニターをのぞきこむ。メッセージの発信先が特定され、表示された。

「あそこに見える星だ……」

チライがさしたのは、窓の向こうに浮かぶ荒廃《こうはい》した小さな惑星《わくせい》だった。

「助ければ、特別ボーナスがもらえるかもしれんぞ」

「おおー！」

チライがガッツポーズで身を乗り出す。

レモはチライをちらと見上げてから、前を向いて操縦桿を握りなおした。

「よし、さっそく行こう」

降下《こうか》する宇宙船に気づいたのは、パラガスだった。

歳《とし》をとっていた。サイヤ人は長い間若い肉体のままで生きる種族なのだが、それでも四〇年あまりの時間は、十分に長かった。髪は白く変わり、左目は光を失っていた。

言葉にならない声をあげながら、パラガスは洞窟《どうくつ》から飛び出した。

この数年、めっきり衰《おとろ》えたと思っていたが、どこにそれほどの力が残っていたのか、パラガスは全盛期を思わせる速度で、宇宙船の着陸地点まで駆《か》け抜《ぬ》けていた。

「お……おお……!!」

宇宙船は幻《まぼろし》ではなかった。難破《なんぱ》したパラガスの宇宙船のそばに、たしかに実体のある船が着陸して、なかから人影が降りてくるのが見える。

「フリーザ軍か！　――うわっ!!」

パラガスは手を振りながら、あらん限りの声で叫んだ。あまりに相手の注意を引くことに気を取られたため、岩の裂《さ》け目《め》に足を取られてしまうほどだった。

「!?」

帽子をかぶった赤い肌の人影が、パラガスに気づいて銃《じゅう》を向けるのが見えた。彼は近くにいた緑の肌の人影に声をかけ、パラガスのもとに向かってくる。

銃を構えたまま、警戒するように岩場を越えて近づいてくる帽子《ぼうし》の男は、起きあがろうとするパラガスから伸びるシッポを見て、驚いたように立ち止まった。

「それ、シッポか……？　あんた、ま、まさかサイヤ人か？」

男の声に、緑の肌の女が反応した。

「……サイヤ人？」

「ああ……オレはパラガス。フリーザ軍のサイヤ人だ」

パラガスはなんとか自分を落ち着かせながら、ようやくのことでそう言った。

帽子の男がけげんそうにたずねる。近くで見ると、かなりの年齢のようだった。

「救難信号は……」

「ああ、オレだ。宇宙船が故障したんだ」

女が、スカウターのボタンを押すのが見えた。

それにかまわず、パラガスは続けた。

「信じられないほど、長く待ったぞ……やっと……助かった……」

パラガスの言葉を無視して、女が声をあげた。

「戦闘力四二〇〇……！　いいぞ」

男のほうは年寄りだったが、逆に女のほうは子供と言ってもいいほど若く見えた。

「あんたひとりか？」

たずねる男に向かって、パラガスは背後を振り返りながら答えかけた。

「いや、もうひとり……」

そこまで言ったところで、突然、パラガスの古い宇宙船が大きく揺れた。

パラガスは内心舌打《したう》ちした。大ダニが近くにいる可能性をすっかり忘れていたからだった。

「う、うわぁー！」

目の前のダニが、例の吸血《きゅうけつ》用の針を突き出すのが見えた。

パラガスは叫んだ。

「ブロリ――――！」

その声からわずかに遅れて、はるか遠くでなにかが爆発したように見えた。さらに数瞬のあと、弾丸のように飛んできたものがあった。

ブロリーだった。

四〇年あまりの歳月を経《へ》て、すっかり大人へと成長していた彼は、そのままの勢いで、大ダニの一体を蹴り飛ばした。

巨大な怪物が、軽々と吹っ飛んで岩場に激突する。鎧《よろい》のような体表を砕《くだ》かれ、にごった体液をまき散らしながら大ダニはバタバタと暴れ、やがて力つきて動かなくなった。

ブロリーは、敵が動かなくなったことを確かめると、三人の目の前に降り立った。

穏《おだ》やかな顔の青年だった。髪の毛は伸び放題、上半身はむき出しで、ボロボロのズボンの上には、汚れた緑色の毛皮が巻きつけられている。

パラガスは、その隣に立って、満足げな表情で言った。

「オレの息子……ブロリーだ」

パラガスと名乗った男の言葉を無視するように、チライはブロリーにスカウターを向け、ボタンを押した。ピピピピと、計測中を示す音を響かせて、スクリーンに浮かんだ数値が猛烈《もうれつ》な勢いでカウントアップしていく。

「うっそ……そんな……」

やがて数値は上限に達し、エラー音とともに計測不能というメッセージが表示された。

「なんだ？」

驚きのあまり体を震わせるチライに、レモが声をかける。

「せ……戦闘力が計測できねえ」

「バカな、そんなことはありえな——」

ボタンを押しこんだままの格好《かっこう》で、レモは言葉を失った。それから短い間をおいて、パラガスたちに向き直り、身を乗り出すようにこう言った。

「乗ってくれ！　フリーザさまがお喜びになるぞ！」

レモたちの宇宙船が、惑星バンパを飛び立ってしばらくしてのことだった。

携帯食料を取り出して食べはじめたチライは、自分をじっと見つめるブロリーに気がついた。

「え……っと」

まっすぐに自分に向けられるブロリーの視線に、居ごこちの悪さを感じて、チライはとっさにこう聞いていた。

「なんて言ったっけ、あんた」

ブロリーはチライの手もとにまっすぐ目を向けたまま、不思議に気《け》だるげに見える表情で答えた。

「ブロリー……」

チライは、そこでようやく、ブロリーが見ているのは自分の手のなかの食べ物だということに気がついた。

「これ、食うかい？」

チライは、膝《ひざ》の上にあった手をつけてない食料を取りあげ、ブロリーに差し出した。

「ブロリー、うまいぜ、ほら」

ブロリーはぼんやりと食料を受け取り、そして、中身を包んでいるフィルムごと口に運ぼうとした。

チライはあわてて身を乗り出し、ブロリーの手から食料を取りあげた。

「おわ！　包みを破くんだよ！」

チライは音を立てて包みを破り、ふたたび差し出す。

ブロリーは、目の前の棒状に固められた食料を、不思議《ふしぎ》そうにながめた。

「いただけ」

パラガスの言葉に、ふんふんと匂《にお》いをかいでいたブロリーは、チライの手からもぎ取るようにして食料を受け取った。

狭《せま》い船内に、がつがつとかぶりつく音が響《ひび》く。

「ははっ、どうだ、うまいだろ？」

ブロリーは、チライの声がまるで耳に入っていないかのように、食料を口に放りこんでいた。

「なんだ、礼もなしかよ」

呆《あき》れ声でチライが言うと、パラガスがむっつりとうながした。

「お礼を言うんだ、ブロリー」

その声にはっと顔をあげ、ブロリーがチライを見る。そうして、ちらちらとパラガスに目をやりながら、小さく頭を下げた。

「ありがとう、ございます」

「固いな」

チライはそう言って、親指と人差し指で輪を作り、残りの指を立てながら、ブロリーの目の前に差し出した。

「サンキューでいいよ」

ブロリーは、食事を忘れたかのように、ぼんやりとチライの顔を見返した。

「サ……サンキュー」

そして不器用《ぶきよう》そうに、チライの指の真似《まね》をする。

「おう」

チライは、笑みを浮かべてブロリーを見た。

長い飛行の末、ブロリーたちを乗せた宇宙船は、ようやくフリーザのいる艦隊のもとに到着していた。

「お連れしましたよ、フリーザさま」

ベリブルの声に振り返ったフリーザは、ブロリーの姿を見て感嘆《かんたん》の声をあげた。

「ほおお……あなた、本当にサイヤ人ですか？」

ブロリーは、もの珍《めずら》しそうに、しきりと司令室のなかを見回していた。

「シッポがないようですが……」

「はい、サイヤ人の特徴である、大猿《おおざる》に変身する影響で、われを失ったことがありまして……それで、わたしがシッポを」

部屋のなかに浮かんでいるフリーザのポッドに興味を持ったらしく、しきりにつついているブロリーを横目で見ながら、パラガスが腰《こし》を折り、深く頭《こうべ》を垂《た》れる。

ブロリーが、短い間とはいえ、たったひとりあの環境で生き残ることができたのは、バンパの月を見て大猿に変身したおかげだった。

とはいえ、ブロリーが変身した大猿は、とてもパラガスの手に負《お》えるものではなかった。何度か死にそうな目にあいながら、パラガスはブロリーのシッポが再生するたびに切り落としてきたのだった。

「以後はありましたか？　われを失うことは」

「はい、めったには……」

パラガスの答えに、フリーザはピクリと片方の眉《まゆ》をあげた。そうして、目を細め、静かにたずねる。

「ということは、たまにあるのですね？」

パラガスはあわてて、ベルトにつけたポーチをまさぐった。

「ご、ご安心ください。その場合は、このリモコンでブロリーの首につけている輪に電流が流れます」

パラガスがリモコンを掲《かか》げる。それを見たブロリーが、おびえた声を漏《も》らしながらあとずさった。

そうして、ブロリーは、首にかかった輪に手をかけ、引きちぎろうとするように何度も力を込める。だが、その首輪はびくともしなかった。

「強い電流ではありませんが、抑制《よくせい》はできます」

ブロリーのおびえ方から見て、パラガスが言うようなものではないことは容易《ようい》に想像がついた。

そばで見ていたチライとレモは、眉をひそめて顔を見合わせた。

「なるほど……」

フリーザは、ブロリーに近づいて、下から見あげながらたずねた。

「あなた、お名前は？」

「………」

ブロリーはぼんやりとフリーザを見おろしたが、プイと横を向いてしまった。それ以上目を合わせようとしないブロリーのかわりに、パラガスが答える。

「ブロリーでございます」

ブロリーは、心ここにあらずといった雰囲気で、不思議そうにあたりを見回している。

そのようすを見つめていたフリーザは、ひとつうなずいてからつぶやいた。

「まだ、とてつもない戦闘力を秘めていますね……」

「かならずや、フリーザさまのお役に立てると確信しております」

パラガスを無視するように背を向けると、フリーザは窓の前にもどって小さく笑った。

「これは思いがけない収穫です。ベリブルさん、見つけたおふたりに報奨金《ほうしょうきん》を差しあげてください」

レモとチライは、手渡された報酬《ほうしゅう》の量を見て、驚きの声をあげた。

「こ……こんなに！」

それから、ふたりはこの場に残る理由がないことに気づいて、あわててドアの前に立って一礼した。

「ありがとう、ございました」

背後でドアが開くと、レモたちはすばやく後ずさり、閉じるドアの向こうに姿を消した。

「長い間、なにもないような星から、脱出できずにいたようですね」

レモたちが出て行くと同時に、フリーザはパラガスを振り返って言った。

「はい……」

「帰るべき惑星ベジータは、すでにもうないことをご存じですか?」

フリーザは、にやにやと口もとに笑みを浮かべ、パラガスに向かってたずねた。

パラガスは、上目遣《うわめづか》いでフリーザの問いに耳を傾《かたむ》けていたが、ひとつうなずいてから答えた。

「はい、ここに来る最中《さいちゅう》に聞きました……。しかし、そんなことは、どうでもいいんです……ただ……」

「復讐《ふくしゅう》、ですね?」

パラガスは、フリーザのその言葉にも押し黙ったまま、厳《きび》しい顔でなにも答えなかった。

「……パラガスさん。ベジータ王の息子、ベジータ四世はまだ生きていることをご存じですか?」

パラガスが顔をあげた。

「なっ!!」

皺深《しわぶか》いパラガスの顔が、みるみる紅潮《こうちょう》していく。

「ベジータ王子が……お……おのれ、ベジータめ……!」

フリーザは、パラガスにむかって、よこしまな笑みを浮かべた。

「あなたの復讐に、力を貸してさしあげましょう。ベリブルさん、おふたりにシャワーを浴びていただいたら、戦闘服を用意してあげてください」

フリーザのそばに控《ひか》えていたベリブルが、フリーザの指示に一礼する。

「はい」

ベリブルに連れられて部屋を出て行くブロリーたちを見送って、フリーザはほくそ笑んで低くこうつぶやくのだった。

「今回は、戦うつもりはなかったんですがねえ……これは面白《おもしろ》くなってきましたよ」


レモとチライは、船内にある食堂で祝杯をあげていた。ふたりが陽気に騒《さわ》いでいると、入り口から大きな人影が入ってくるのが見えた。

「よう!!」

チライが手をあげ、声をかける。

ブロリーだった。

「さっぱりしたじゃないか!」

その声に気づいたか、ブロリーが足を止め、チライたちを見る。そのすぐ横には、あいかわらずいかめしい顔のパラガスもいた。

「こっちで食えよ!」

手まねきするふたりのテーブルに、ブロリー親子が近づいてきた。

ブロリーは、薄いシャツは着ていたものの、戦闘服は身につけていなかった。

「ブロリー、あんた戦闘服は？」

チライの問いに、チライの横に立ったブロリーは、むっつりと答えた。

「あれは……動きにくい」

「着ちゃうと、そうでもないんだぜ」

言いながら、チライは自分の戦闘服の端《はし》をつかんで引っ張って見せた。固そうに見えたそれは、ゴムのように伸びて、放すとぱちんと音を立ててもとに戻った。

「まあ、好きにすりゃいいけどな」

そう言って笑いかけるチライに、ブロリーは不思議そうな目を返した。

それからチライは、いまだに座ろうとしないブロリーの腰もとに目をやった。そこには、緑色の毛皮が巻きつけられていた。たしか、バンパからずっと身につけていたもののはずだった。

「でも、腰の毛皮はもう捨てちゃえよ。汚れてるし、臭《くさ》いよ」

そう言いながら、毛皮をつかんで引っ張ったその時だった。

ブロリーが、初めて感情をあらわにした。髪の毛が逆立《さかだ》ち、顔が怒《いか》りに歪《ゆが》む。

「ダメだ!!」

雷鳴《らいめい》のような声に、チライは驚いてつかんでいた手を放した。

食堂じゅうの目がブロリーに向けられる。

「そ、そうか、大事なもんだったんだな……」

チライは、すまなそうにそっとブロリーの腰の毛皮に手を触れた。

いつの間にか無表情に戻ったブロリーが、それを見おろしながら口を開いた。

「これは……オレの……」

「ブロリー」

対面に座っていた、パラガスの容赦《ようしゃ》のない声が飛んだ。

「食事に来たんだ。話をしに来たんじゃない」

その言葉に、ブロリーは言葉を止め、じっとうつむいてしまった。

見かねたチライが声をはさむ。

「あんたさあ、いいじゃないかこれくらい」

パラガスは、にらみつけるようにチライを見た。

「よけいな口出しはしないでくれ」

チライはパラガスをにらみ返すと、だん、とテーブルに手をついて腰を浮かせた。

「ああ?」

「まあまあ」

そこにレモが割って入った。にらみ合うパラガスとチライの間に身を乗り出し、取りなすように交互にふたりを見る。

「おい」

そこへ、大きな影がぬうっと入ってきた。

「おまえ、新入りか?」

ブロリーの横に、明らかによっぱらったようすの大柄《おおがら》な戦闘員が立っていた。

その言葉が自分に向けられたものだと気づいて、チライはうさんくさそうな目で、その声の主《ぬし》を見あげた。

「なんだ? いま大事な話の最中なんだけどな」

だが、その異星人は、チライの言葉を無視して続けた。

「こんなシケた連中といても、楽しくないだろ。この船に乗ってる、まともな戦闘員はオレだけなんだぜ? ほら、来いよ」

チライはいらだたしげに、肩をつかんできた相手の手を払った。

「放せよ、イヤだって言ってんだろ」

ムッとした顔で、戦闘員の男はチライの腕をつかもうとする。

そこに、媚《こ》びるような笑顔を浮かべたレモが声をかけた。

「なあ、今日のところはオレが一杯おごるから――」

「うるせえ、じじい」

男は乱暴に振り返り、すぐ後ろに立っていたレモを突き飛ばす格好になった。

声をあげながら尻《しり》もちをつくレモと入れ替わるように、ブロリーが前に出る。

「やめろ、ブロリー！」

パラガスの声も耳に入っていないようすで、ブロリーは男の前に立った。

「なんだ、文句でもあるのか？」

「ある」

ブロリーは感情の読めない顔で、そう答えた。それが、よけいに相手の神経を逆なでしたのだろう。

「ん、だとぉ！」

うなり声とともに、男は丸太のような腕を振りあげて殴《なぐ》りかかった。

岩を殴ったような重い音が響いた。異星人の拳は、ブロリーのシャツの上にシワを作っただけで、その胸板の上でぴたりと止まっていた。

「な……」

驚きの声をもらしながら、男はふたたび拳を叩きつけた。だが、やはりブロリーは平然としている。

男はおびえた目でブロリーを見たが、うなり声とともにブロリーの胸を連打した。

「くそっ、くそっ！」

ブロリーは、打ちこまれる拳を右手で受け止め、左手で相手の喉《のど》もとをつかんだ。

「ぐっ！」

あわてて男は首に手をやった。だが、ブロリーの手はいくら引きはがそうとしても、びくともしなかった。

ブロリーは、そのまま相手を持ちあげた。自重《じじゅう》で首がしまり、じたばたともがく男の口から泡《あわ》が吹き出す。

「ブロリー！」

パラガスが叫びながら立ちあがった。その顔は、心なしか青ざめているように見えた。

ブロリーは、いつしか怒りに顔を歪め、全身を細かく震わせながら、獣《けもの》じみた声をあげていた。

「ぐぅぅ……があああぁ……」

パラガスが短く舌打ちする。同時に、腰のポーチに手を突っこんで、なかからさっきフリーザに見せたリモコンを取り出した。

それをブロリーに向けて差し出し、表面のボタンを押す。リモコンのランプが点灯すると同時に、ブロリーの首輪が同じようにちかちかと光を放ったと思った瞬間だった。

「がぁあああぁ!!」

首輪から発生したスパークが、ブロリーの上半身を包みこんだ。

苦痛に悲鳴をあげるブロリーは、たまらず相手の喉をつかんだ手を放していた。床《ゆか》に転《ころ》がったその戦闘員は、顔をひきつらせ、四つんばいの格好で離れていった。

ブロリーはというと、襲《おそ》いかかった電撃に苦悶《くもん》の声をあげながら、首もとに手を伸ばそうとした格好《かっこう》のまま全身を硬直《こうちょく》させた。

パラガスは、そのさまをしばらくの間見つめていた。チライは、その口もとにかすかな笑みが浮かんでいることを見逃さなかった。

パラガスがスイッチを切ると、ようやく苦痛から解放されたブロリーは、ぐったりと床に膝をついた。ぽたぽたと音を立てて、床に汗がしたたり落ちる。

「あ……ぐぅぅぅ……」

チライは席を立ち、ブロリーのところに行ってかがみこんだ。

「大丈夫か？」

ブロリーは顔をあげ、青ざめた顔でチライと、遅れてやってきたレモを見た。

パラガスは冷たい目でブロリーをちらと見てから、手のなかのリモコンをポーチに放りこんだ。

「あんた!!」

チライは立ちあがり、パラガスに詰《つ》め寄《よ》った。

「やりすぎだよ！　あんなことするなんてさ!!」

激しい口調で抗議するチライに、パラガスはおさえた声で答えた。

「止めなければ、殺していたかもしれんだろ」

ブロリーが、悲しげな顔でうつむくのが見えた。それに気づいたチライは、パラガスの鼻先まで顔を近づけ、言った。

「あんた、どんな育て方したんだい」

パラガスは、チライを見下《みくだ》すように応じた。

「ふん、恩人ではあるが、話が合わないようだ。今後、息子には近づかないでくれ」

チライは、その言葉に怒りの表情を浮かべた。だが、その右手は、まったく別の動きを見せた。表情や言葉で相手の耳目《じもく》を引きつけつつ、パラガスのポーチに手を突っこんでいたのである。

さも悔《くや》しげな顔で身を離しながら、チライは盗み取ったリモコンを、気づかれないように腕を組んで隠した。

「パラガスさん……フリーザさまがお呼びですよ」

入り口にあらわれたベリブルに、パラガスは即座に反応して振り返った。

たったいままでの、チライを見下すような態度はなりをひそめ、ていねいな物腰《ものごし》でベリブルに向き直る。

「フリーザさまが！　はい、すぐ行きます。ブロリー！」

そこで、ベリブルは、パラガスを制して言った。

「パラガスさんだけでけっこう……」

「え、そうですか？　ブロリー、すぐに来る、待っていろ」

そう言い残し、パラガスは、ベリブルに連れられて食堂を出ていった。

立ち去るパラガスを見送って、レモは吐き捨てた。

「オレの死んだクソオヤジだって、あいつよりマシかも」

毒づくレモに、チライがにやりと笑って見せた。

「へへへ……」

不思議そうに見返すレモに、チライが差し出したのは、さっきまでパラガスが手にしていたリモコンだった。

「パクったのか！」

「こんなの、こうしてやるよ！」

チライはリモコンを床に叩きつけ、それから思いきり踏みつけた。固いものが砕ける音がして、チライの足の下には、粉々《こなごな》になったリモコンだったものが転がっているだけになった。


ブロリーは、人気《ひとけ》のない船内の倉庫のなかで、あぐらをかきながら山積みの携帯食料を夢中でほおばっていた。

チライは、壁の棚の上に腰をかけ、ブロリーの食べっぷりをにこにことながめていた。

そうして、例の感謝のサインを作って見せた。

「ブロリー、さっきはサンキュー」

チライが目に入っていないかのように、ブロリーは食べ続けた。

やがて、ブロリーは足もとに置いてあるフタつきの容器に気がついたようだった。なかには水が入っていたが、フタが閉まっているせいで、持ちあげて傾けても水は出てこなかった。

「う、うう」

「なんだ、水が飲みたいのか？　貸してみな」

困惑《こんわく》したように容器を振るブロリーを見かねて、そばに座っていたレモが手を差し出した。ブロリーが差し出す容器を受け取り、フタを取ってもどす。

ブロリーは、受け取った容器の中身をひと口飲んで、目を見開いた。

「これは、なんだ」

「え？　ただの水だよ」

チライは、戸惑《とまど》うようにブロリーの顔をのぞきこんだ。

「あんた、水も飲んだことなかったのか」

ブロリーは、手にした容器から水を一気に飲み干してしまった。それから、ブロリーは容器を床の上に置いて、感激したようにつぶやいた。

「はあ……うまかった」

そのようすを見守るふたりに、ブロリーは腰の毛皮に手を触れ、静かに語りはじめた。

「これはバアの耳だ……」

最初、チライには『バア』の意味がわからなかったが、すぐに気づいてうなずいた。

「ああ、その毛皮の話か」

「オレはバアと仲がよかったんだ。バアは、大きな大きな、この船より大きなケダモノだ。バアと鳴くから、オレはそう呼んだ」

ブロリーは懐《なつ》かしげに表情を緩《ゆる》めながら、緑色の毛皮に目を落とした。

「バアは恐ろしいが、毎日毎日バアの攻撃を避《よ》けるトレーニングをしていたら、仲がよくなった……とても仲よくなった……」

ブロリーの言うバアとは、あの緑の草原に見える巨獣のことだった。あの獰猛《どうもう》な獣が、はたして他の生き物に心を許したのかどうかはわからないが、訓練を繰り返すうちに、ブロリーが近くにいても襲わなくなったことだけは確かのようだった。

「初めての友だちってことか……」

レモがしみじみとつぶやいた。

「でも、お父さんは怒った。バアと仲よくなると、トレーニングじゃない。それで――」

そこまで言ったところで、ブロリーの顔から表情が消えた。

「お父さんは、銃でバアの耳を撃《う》って、バアを怒らせた。二度とバアはオレと仲よくなってくれなかった。だから、オレは……バアの耳と一緒《いっしょ》にいることにした……」

チライは、腰かけていた場所から降りて、ブロリーのすぐ横に並んでしゃがみこんだ。

「いっぱいしゃべったね、ブロリー」

ブロリーの表情は変わらなかったが、チライの言葉に顔をうつむかせる。

「ここで、そんなピュアな話を聞いたのは初めてだ……おまえ、マジで純粋なんだな」

レモはそう言って、ブロリーに笑いかけた。

チライはブロリーにさらに顔を近づけ、言った。

「もしかして、ホントは戦うの好きじゃないんだろ？」

レモがチライの言葉を引《ひ》き継《つ》ぐ。

「なまじ戦いの才能がすごかったから、親父さんに無理《むり》やりトレーニングされちまったんだな……」

チライはふうっとため息をついて、腰に両手を当てて立ちあがった。

「あんたの父親さあ、あんたをただの強力な武器としか思ってないいんじゃないか？　復讐と出世のためのさ」

「だろうな。おまえさんの親父は最低だよ。あんなヤツの言うこと、聞く必要ないぞ」

レモとチライの言葉を、ブロリーは顔をうつむかせ、黙って聞いていた。しばらくして、ブロリーは小さくかぶりを振って答えた。

「お父さんのこと、悪く言うのは、いけない」

チライは呆れ顔でブロリーを見おろした。その横で、レモはこの青年が気の毒でしかたがないと感じていた。

其《そ》之《の》四《よん》

3人《にん》のサイヤ人《じん》

DRAGONBALL SUPER

あたりは、見渡す限り雪と氷に覆《おお》われていた。

ブルマの研究室からドラゴンボールを持ち出した兵士たちは、レーダーに映《うつ》った光点に向かって歩き続けていた。

「このあたりのはず……」

レーダーに注意を奪われていたその兵士は、背後で仲間が足を滑《すべ》らせたことに気づくのが遅れていた。姿勢を崩《くず》した仲間の兵士が、背中からもろにぶつかってくる。

「うわっ！」

勢いよく突き飛ばされ、兵士は目の前の崖《がけ》から空中に飛び出していた。

「うおおおお！」

さいわい、それはほんの一瞬のことだった。

手首をつかまれる感覚があって、同時にガクンと強い衝撃《しょうげき》が襲う。見あげると、必死の形相《ぎょうそう》の仲間が、彼の手首をつかんでひっぱりあげようとしているところだった。

「バカ野郎《やろう》！　早く引きあげろ！」

「すまねえ！」

仲間の手を借りて、その兵士はなんとか崖の端《はし》までよじ登ると、岩の突起《とっき》に足をかけて一気に体を持ちあげた。とたん、突起が崩《くず》れ、なにかが下に落ちていくのが見えた。

それに気づいた仲間が、声をあげる。

「あ」

「え?」

その兵士も、思わず間抜《まぬ》け声を出していた。

それは、探していた最後のドラゴンボールだった。ボールはゆっくりと弧《こ》を描《えが》いて、崖の下に消えていった。

「あった! あったぞ!」

たったいままで落ちそうになっていたことも忘れ、兵士は崖下に向かって叫んでいた。


フリーザのもとに呼び出されたパラガスは、地球へと向かうことを告《つ》げられていた。

「これから行く地球という星に、ベジータともうひとりのサイヤ人がいます。ブロリーさんのパワーを見せていただきますよ」

「ブロリーの強さは生まれながらの超天才。長年の恨《うら》みを晴らしてみせます」

パラガスは、軍人らしい直立の姿勢のまま、強い口調でそう応《こた》えた。

フリーザは笑《え》みを浮かべたまま続けた。

「ところで、ベジータはお好きにしても構《かま》いませんが……」

パラガスが顔をあげる。フリーザは、パラガスを見ていなかった。

「もうひとりの孫悟空《そんごくう》というサイヤ人のトドメは、わたしにまかせてくださいね」

どこかあらぬ方向に目を向けながら、フリーザは言った。その表情から笑みは消え、殺気をともなった恐ろしげなものに変わっていく。

「孫悟空を殺すこと。それが、わたしの長い間の夢ですから」

気圧《けお》されたパラガスは、思わず一歩退《しりぞ》き、深く腰を折った。

「……承知いたしました」

そこへ、キコノが、息を切らせて駆《か》けこんできた。

「フリーザさま、ドラゴンボールが七個そろったようです！」

「おお、それはすばらしい！」

フリーザの顔に笑みが広がった。


ブルマたちの小型ジェットは、氷の大陸の上空にさしかかっていた。

「ん？　あそこ！」

最初に、着陸した宇宙船を見つけたのはブルマだった。そのすぐそばに、見覚えのある戦闘服《せんとう》を身につけた人影がふたつ見える。

「フリーザ軍よ」

ブルマのすぐ後ろに立って、ベジータが舌打ちする。

「ちっ、もう最後の一個を見つけやがったか……」

宇宙船に乗りこもうとした寸前、すぐそばに着陸する小型ジェットに、ドラゴンボールを抱《かか》えた兵士たちが、おびえた顔を向けていた。

「あの飛行機、ヤバイんじゃねえか？」

「キコノさまの言っていた、サイヤ人じゃないだろうな……」

彼らの見守るなか、ジェットのドアが開いていく。

最初になかから飛び出してきたのは、防寒《ぼうかん》用のコートに身を包んだ悟空だった。

「うひゃー！　こりゃさみい！」

続いて、同じように防寒着を身につけたベジータやブルマ。そしていつもと変わらぬいでたちのウイスも姿を見せた。

「ウイスさんは、よく平気ね」

防寒用のスーツばかりか、ヘルメットまで着《つ》けているブルマに、ウイスは余裕の笑みを浮かべて答えた。

「宇宙空間は、もっと寒いですからね」

兵士たちは、宇宙船の陰《かげ》でスカウターを使って、悟空たちの戦闘力を測定していた。ボタンを押した瞬間から急激に数値がはねあがり、警告音とともに、たちまち測定不能のエラーメッセージが表示される。

「スカウターの数値が振り切ったぞ！　サイヤ人だ！」

「逃げるぞ！」

ふたりは、大あわてで宇宙船に乗りこみ、エンジンを全開にして発進させた。

それに気づいたベジータは、無造作《むぞうさ》に持ちあげた腕から、急速に離れていく宇宙船に向けて気弾《エネルギーだん》を放った。

輝くボールが飛んでいった向こうで、わずかな間《ま》を置いて、閃光《せんこう》が走る。それからしばらくして、ドン、という爆発音が聞こえてきた。

遠くに、黒い煙を引きながら、宇宙船が落ちていくのが見える。

「ふん」

ベジータは、つまらなそうにひとつ鼻を鳴らしてから、悟空とともに墜落した宇宙船のもとへと向かった。

宇宙船は、深い雪の吹《ふ》き溜《だ》まりのなかに突っこんで煙をあげていた。ベジータはそのすぐ横に降《お》りて、宇宙船の端《はし》をつかんで雪のなかから引きずり出した。

なかの兵士たちは、船ごとベジータに高く持ちあげられ、パニックになっていた。それを悟空がのぞきこむ。

「ひぃ！」

「おいこら、出てきてドラゴンボールを返せ！」

悟空の声に、兵士ふたりは震えながら船の奥で身を寄せ合っていた。

「ど、ど、どうする？」

「ど……どうするって、返さないとこいつに殺される」

「返すとフリーザさまに殺される」

突然、悟空が表情を変え、空を見あげた。

ほぼ同時に、ベジータも顔をあげる。

ふたりの見あげた方向に、降下《こうか》しつつあるフリーザの宇宙船があった。上部にあるハッチがゆっくり開くと、なかからフローターポッドに乗ったフリーザが姿をあらわした。

「ふふ……」

それから、フリーザは小さな光の浮かんだ手のひらを持ちあげた。手のなかで、光の球《たま》が輝きを増すのと同時に、フリーザは手を地球に向かって押し出した。

フリーザの放った光球《こうきゅう》が、地上に向かっていく。それが眼下《がんか》を覆うぶ厚い雲に触れたとたん、エネルギーを解放した。

雲は一瞬で蒸発し、衝撃波《しょうげきは》で地上を覆った雪が吹き飛ばされていく。

悟空とベジータは、平然とそのなかに立って、空の一点を見つめていた。

「やれやれ、フリーザの登場だ」

悟空が、にが笑いを浮かべる。

その横で、ベジータがすうっと目を細め、つぶやいた。

「なんだ……？」

「フリーザだけじゃねえぞ……なにか……とんでもねェヤツが……」

おなじく、違和感を覚えた悟空の顔から笑みが消える。

フリーザの船は、悟空たちのすぐそばに着陸した。ハッチが開き、なかから戦闘員たちが降りてきて整列する。その後ろから、見慣れないふたりの人影とともに、フリーザが姿を見せた。

そのうちのひとり、フリーザ軍の戦闘服を身につけ、腰に緑色の毛皮を巻いた背の高い男が悟空たちに目を向けた。とたん、その男のほうからごうっと強い風が吹き抜ける。その風の勢いに、整列した戦闘員たちが姿勢を崩した。

ベジータは、船を降りたところに立つふたりを見つめたまま、となりの悟空に言った。

「あいつら、サイヤ人じゃないか」

悟空も無言でうなずく。

その視線を感じたパラガスは、前方に立つベジータに気づいた。

「――ベジータ!!」

そこには、この四〇と一年、一度も忘れたことのなかった男に生《い》き写《うつ》しの顔があった。

「間違いない、王にそっくりだ」

その言葉と同時に、ベジータがブロリーと同じように気を放《はな》ってくる。それはブロリーに負けない勢いと強さで、パラガスたちに叩《たた》きつけてきた。

噛《か》み締《し》めた奥歯がぎりりと音を立てる。握《にぎ》り締めた拳《こぶし》に力が入り、パラガスの表情が険《けわ》しさを増していく。

「なにしにきたんだ、フリーザ！」

前に出るフリーザに、悟空の声が響いた。

「もうご存じなんでしょ？　ドラゴンボールで願いをかなえるためですよ」

悟空たちの目がフリーザに向けられているスキを見て、例の兵士たちは、ドラゴンボールを持って逃げだそうとしていた。

それに気づいたフリーザが、目線を向ける。すると、ドラゴンボールは兵士たちの手を離れ、フリーザのもとへ引き寄せられていった。

「フフ……」

ドラゴンボールを手にしたフリーザは、悟空たちに不敵《ふてき》な笑みを向ける。

だが、悟空もベジータも、すでにブロリーへと注意を移していた。

「あの球みたいなやつ、なんだ？」

チライは、レモとともに船の展望デッキから外のようすを見おろしていた。

「さあな……」

「誰かに聞いてみろよ」

首をかしげるレモに、チライはいらだたしげにそう言った。なんにせよ、戦いの場にブロリーがかり出されることに、チライは不安を隠せなかった。


ブルマは、フリーザたちとにらみ合うベジータと悟空に向かって、大声で叫んだ。

「ちょっとー！　ドラゴンボール取り返してよー！」

「それどころじゃないようですよ」

隣に立つウイスが、興味深げにそう言った。

けげんそうに見るブルマに、ウイスはにこやかに続ける。

「戦闘民族の性《さが》というべきでしょうか――」

そこでブルマも気づいた。悟空たちが、強い相手と相対《あいたい》した時に見せる、独特の雰囲気を放っていることに。


悟空は、ブロリーとパラガスに目を向け、言った。

「フリーザ！　そのふたりは？」

フリーザは、悟空に目を向けたままで答える。

「こちらは新しくフリーザ軍に加わった、ブロリーさんとそのお父さまの――」

「パラガスだ！」

パラガスはフリーザの隣に進み出て、ベジータをにらみながら大声で名乗った。

「だ、そうです。お気づきのように、あなたたちとおなじサイヤ人ですよ」

フリーザの言葉に、ベジータがむっつりと答える。

「そんなヤツは知らん」

「あなたが幼いころに、このブロリーさんとパラガスさんは、あなたの父親であるベジータ王からひどい仕打ちを受けて、いままで、見知らぬ過酷《かこく》な星から脱出できずにいたそうですよ」

その話の間中、ベジータは、フリーザをただじっとにらみつけていた。

パラガスとブロリーもまた、無言でベジータを見つめている。

ブルマでもわかるほど、両者の間に、一触即発《いっしょくそくはつ》の緊張感が高まりつつあった。

パラガスは、ベジータに普通ではない恨《うら》みを持っているようだった。そしてあのブロリーという若者は、フリーザが連れてきた以上、相当《そうとう》の力を持っているのだろう。

そうやって向かってくる相手に、ベジータが反応しないはずがない。

重苦しい空気が、この場を支配しつつあった。

「フリーザ」

悟空だった。張り詰めた緊張が、さらに高まる。

フリーザが悟空に顔を向けた。その顔から、つかの間笑《ま》みが消える。

悟空が重い間をおいて、ふたたび口を開いた。

「カコクって、なんだ？」

その場にいたほぼ全員が、示し合わせたかと思うほど見事《みごと》にズッコケていた。

なにもかも台無《だいな》しだった。

その場で姿勢を崩《くず》さずにいられたのは、たぶん話を聞いていなかったパラガスとブロリー、当の悟空とウイス、それからフリーザだけだった。

もちろんベジータは思いっきり気勢をそがれて、がっくりと肩を落としていた。

「厳《きび》しすぎる……ってことですよ」

引きつった笑いを浮かべ、フリーザが答える。

「へへへ……あんがとな！」

笑顔で礼を言う悟空の横で、ベジータが顔をしかめて吐《は》き捨《す》てた。

「このバカめ！」

どうやら、パラガスは、この一連の流れを自分への侮辱《ぶじょく》と受け取ったようだった。

ぎりりと歯を鳴らしながら、ベジータをにらみつけ、叫ぶ。

「くっ！　おまえだけは、絶対に許さんぞ！　ベジータァッ！」

ふたたび、ベジータの目がパラガスに向けられる。

「オレたちは、その復讐に来たんだ！」

怒《いか》りを隠《かく》そうともせず叫ぶパラガスを目にして、ブロリーもまた怒りをたぎらせはじめていた。パラガスが怒っている相手は、ブロリーにとっても憎《にく》い敵なのだ。

「ふざけるな！　オレの知ったことか！」

ベジータにしてみれば、まったく身に覚えのないことで逆恨《さかうら》みされるのは、不快以外の何物でもなかった。

「そんなの関係ねえだろ」

まったく空気を読まない、悟空の気楽な声が響いた。

「おんなじサイヤ人同士なんだ、なかよくやろうぜ」

だが、一度怒りにとりつかれたブロリーは、そのなかで破壊的な衝動がますますふくれあがりつつあった。拳を握った腕は筋肉が盛りあがり、逃がしどころのない力に小刻《こきざ》みに震えはじめている。

パラガスは暗い笑みを浮かべてそれを見やってから、フリーザに視線を向けた。

「フリーザさま」

フリーザはブロリーをちらと見て、そしてパラガスに向かってうなずき返す。

「ガマンできないようですね。いいでしょう。どれほどの実力か、見せてください」

「承知しました」

パラガスは、そう答えてから、ベジータに目を向け、腕を突き出して叫んだ。

「よし、ブロリー！　やれ！」

ブロリーの獣《けもの》じみた声が響《ひび》きわたった。

「おおお！」

整列していた戦闘員たちを吹き飛ばしながら、ブロリーが前へ飛び出した。

「わあああ!!!」

平然と立つフリーザと、パラガスの間を通って、ブロリーは一気に悟空たちのもとへ向かう。

ブロリーが選んだのはベジータだった。悟空の横にいたベジータが、ブロリーが通り過ぎるとともに姿を消す。

はるかかなたに移動したベジータが、繰《く》り出《だ》されたブロリーのパンチを交差した腕で受け止めていた。

「はああ……」

髪の毛を逆立《さかだ》たせたブロリーが、ベジータをねめあげながらためこんだ息を吐く。

「ふっ」

ベジータは、ブロリーの獰猛《どうもう》な顔を見おろし、不敵に笑った。


ブロリーは、重いパンチを何発も繰《く》り出《だ》した。

ベジータは、それを余裕でさばいていった。一発一発は重く、威力《いりょく》があったが、ベジータにすれば楽にかわせるものだった。

何発目かのパンチを受け流し、スキだらけの胴に蹴《け》りを入れる。ブロリーはもろにそれを食らったが、四《よ》つん這《ば》いになって着地し、さらに氷を割りながら体を滑《すべ》らせて受けた打撃の勢いを止め、ふたたびベジータに襲《おそ》いかかった。

恐るべきスピードだったが、ベジータは繰り出されたパンチを余裕の表情でかわした。

「やるじゃないか。ようやく体があったまってきたぜ！」

気合いの息吹《いぶき》とともに、ベジータのカウンターがブロリーに叩《たた》きこまれる。

「ぐううっ」

タフな相手だった。ベジータのパンチに顔を歪《ゆが》ませながらも、強引《ごういん》に振《ふ》るった腕がベジータを襲う。

それを寸前でかわし、ベジータは頭から地面に突っこんでいった。激突の寸前、突き出した両腕で着地、反動を使ってブロリーの腹に蹴りを入れる。

「ぐっ！」

もろに食らったはずだったが、ブロリーはそれにも耐えた。

そこへ、間髪《かんはつ》をいれずベジータの足払いが決まる。姿勢を崩《くず》すブロリーの脇腹《わきばら》に、さらに重い蹴りが打ちこまれた。

「ぐわっ！」

弾丸のように吹っ飛んでいくブロリーに、ベジータは一瞬で追いついて、さらに追撃しようとする。

が、そこでブロリーの動きが変わった。

瞬時に反応して身をかわすベジータの目の前を、衝撃波《しょうげきは》をともなったパンチが通り過ぎる。

「くっ、こいつ――」

パンチの向かった先の地面が、数十メートルの距離があったにもかかわらず、ボコンと音を立てて大きくえぐれる。そうしたパンチが、立て続けに何発も放《はな》たれた。

それらをすべて一瞬のうちに見切り、受け流すことができたのは、ベジータの経験のたまものだった。だが、ブロリーの攻撃は、それすら上回りつつあった。

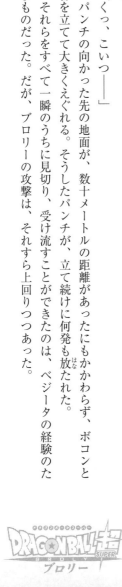

「速い！」

攻撃をかわして回りこんだベジータの前に、両腕を広げたブロリーが立ちはだかった。

「はぁあ！」

打ちこまれたパンチは、腕で受けることしかできなかった。明らかにブロリーのスピードがあがっている。

「力の使い方を学習しているのか！」

交差した腕を跳《は》ねあげ、ブロリーのパンチを弾《はじ》いて、次の攻撃に移ろうとしたベジータは、しかし、下から叩きこまれた膝蹴《ひざげ》りを受けるのがせいいっぱいだった。

さらにパンチがくるところを受け流し、ブロリーが一瞬見せたスキをついて蹴りを入れる。だが、ブロリーはそれを防いでみせた。

ふたりは、互《たが》いに攻撃を繰り出しながら上昇していく。常人の目には、その攻防はあまりにも速すぎてとらえることはできず、ただ、衝撃音とすさまじいパワーの生み出す空気のゆらぎが見えるだけだった。


その光景を見あげるパラガスの顔は、心なしか青ざめて見えた。

「ベジータのヤツも、そうとう鍛《きた》えたようだな」

「彼らは、いろいろな修羅場《しゅらば》をくぐっていますからね」

パラガスはフリーザを見た。フリーザは笑《え》みを浮かべながら、静かに言葉を続けた。

「それに、まだ慣《な》れていないようですから。ブロリーさんは、人間とは戦ったことがないんでしょ？」

「わたしとシミュレーションは……」

フリーザは鼻で笑った。

「あなた程度の戦闘力じゃ、ほとんど意味がありません」

パラガスは言葉を失った。フリーザは戦いに目を戻し、言った。

「ご心配なく。徐々《じょじょ》に慣れてきていますよ……」


実際、ブロリーの戦闘技術は、このほんの数分の間にベジータすら驚くほどの進歩をとげていた。

もはや、ベジータとブロリーの間に、明確な力の差はなかった。パワーでは明らかにブロリーが勝《まさ》り、ベジータはそれを食らわないようにするために細心《さいしん》の注意を払わなければならなかった。

スピードはわずかにベジータが勝《まさ》っていたものの、その差も埋《う》まりつつあった。

「はあぁ！」

両手を頭上で組み、ベジータが振りおろす。ブロリーは空中で腕を交差させてそれを受け、その勢いを利用して着地、そのまま地面を蹴って、ベジータに突っこんだ。

身構《みがま》えたベジータの目の前で、ブロリーの姿が消える。背後《はいご》だと気づいた時には、ブロリーの裏拳《うらけん》が顔に食いこんでいた。

「ぐう……」

吹っ飛ぶベジータを、さらに加速したブロリーが追う。噴《ふ》き出した気が、ぼんやりとした輝きを放ちながら、ブロリーの全身を覆《おお》いはじめていた。

「いいぞ、ブロリー！」

興奮したパラガスの声が響《ひび》く。

組み合ったベジータとブロリーの手が、空中で激しく押し合った。力負けを感じたベジータが、いらだたしげにうなり声をあげる。

「ぐぐ……！」

おさえていた気がほとばしった。ベジータの手が一瞬金色の光を放ち、ブロリーの手にゆっくりと指先を食いこませはじめる。

「！」

ベジータの異変に気づいたブロリーが、表情を変えた。苦痛に表情をゆがめ、なんとか手をもぎはなそうと腕を引く。

「ぐっ！　ぐっ！　ぐっ！」

だが、余裕の笑みを浮かべたベジータは、明らかに増したパワーであっさりブロリーを引き寄せた。

「うっとうしいヤツだ……!!」

目の前で呆然《ぼうぜん》と見返すブロリーに、ベジータは反《そ》り返《かえ》った姿勢から頭突《ずつ》きを食らわせた。岩をぶつけたような低い音とともに、ブロリーの体がのけぞった。

「ぐっ!」

ベジータは、固めた拳をブロリーの顔に叩きこんだ。渾身《こんしん》の一撃に、ブロリーはたまらず後方へと吹っ飛んだ。

そこにあった氷山に突っこみ、ブロリーの姿が消える。崩壊《ほうかい》する氷山のなかから、顔をしかめながらふたたびあらわれたブロリーの目の前に、ベジータが降《お》り立《た》った。

「ふん」

ブロリーが、じっと見あげるなか、ベジータは両拳を腰に構え、ためこんだ息を気合いとともに吐き出した。

「はぁあああ!!!」

ドン。

ベジータを中心に、衝撃波が広がった。

叩きつけてきた圧力に、ブロリーが目を見開く。

ベジータが金色に輝いていた。

「なっ、なんだ、あれは!!」

それは、パラガスのまったく知らない姿だった。

「おや、ブロリーさんはなれないんですか? 超《スーパー》サイヤ人に」

フリーザが、不思議《ふしぎ》そうに振り返る。

「ス……超《スーパー》……サイヤ人……!? まさか……」

パラガスにも、あれがこけおどしではないことがわかった。

「伝説の!?」

あれほどの距離があって、はっきりと感じられるほどの圧力が、ベジータから放たれている。

ブロリーは強い。全盛期のベジータ王でさえ、絶対にかなわないだろう。パラガスにはその確信があった。

だが、いまのベジータは、完全にパラガスの想像の外にあった。

金色の光《オーラ》に包まれたベジータが、ブロリーをねめつける。

「ぐうう……」

ブロリーは、本能的にベジータのパワーアップに気づいていた。だが、押し寄せる恐怖は、ブロリーを逆に戦いへと駆《か》り立《た》てた。

「があああ!!」

氷山の残骸《ざんがい》を蹴って、ブロリーがベジータに飛びかかった。

平然と見返すベジータの目の前、ほんの鼻先ほどの距離まで迫《せま》ったところで、突然ブロリーの姿が消える。そこからさらに加速して、ベジータの後方に回りこんだのだ。

だが、ベジータは驚いたようすもなく、後ろも見ず右拳を背後に向けて振り上げた。

「ぐ!」

ベジータの裏拳をもろに食らって、ブロリーはまるで巨大なハンマーで殴《なぐ》られたかのように、すさまじいスピードで吹き飛ばされた。

ブロリーは途中でブレーキをかけ、反転してベジータに突っこんでいく。

「!」

ブロリーが急ブレーキをかける。さっきまで遠くにいたはずのベジータが、突然目の前に出現したからである。おなじ技《わざ》をブロリーも使ったが、ベジータのそれははるかに上回っていた。

ベジータの蹴りが、ブロリーの腹部にもろに決まる。

「ぐ……!」

衝撃を殺しきれず、ブロリーが地面に激突、跳ねあがったところに、瞬時に移動してきたベジータが再び蹴りを入れた。

吹っ飛ばされたブロリーは、空中でベジータを迎《むか》え撃《う》った。ぎりぎりまで引きつけ、パンチを繰り出す。だが、ベジータはそれを完全に見切って、カウンターで拳を打ちこんだ。顔面を歪ませ、ブロリーは大ダメージを受けながらさらに吹っ飛んだ。

だが、ブロリーは闘志を失っていなかった。空中で動きを止め、ベジータに打ち合いを挑《いど》む。攻撃の正確さ、手数、ともにベジータが上回っていたが、それでもブロリーは手を止めなかった。

ベジータの一撃を食らい、吹っ飛ばされたブロリーが、なおも燃えるような目を向けながら空中でブレーキをかける。

ベジータはそれを冷静に見おろし、突き出した手のひらから気《エネルギー》弾《だん》を放《はな》った。直撃を受け、ブロリーの姿が爆煙《ばくえん》のなかに消える。ベジータは、まっすぐブロリーのいるはずの場所へと突っこんでいった。

腕を振るい、ブロリーが煙をはねのける。そこへ滑りこんできたベジータに、うなりをあげるパンチを繰り出すが、ベジータにはやはり通用しなかった。何度目かのカウンターが決まり、ブロリーが後退する。

だが、それだけだった。それまでに負けない一撃を打ちこんだはずだったが、受けたダメージが明らかに少なく見える。

　ブロリーが蹴りを繰り出してきた。

　ベジータはそれを受け止め、至近《しきん》距離で気弾を撃ちこんだ。手加減《てかげん》のない、なみの相手なら致命傷《ちめいしょう》になりかねない一撃だった。

　ブロリーは爆発の衝撃で吹っ飛んだが、目を疑う俊敏《しゅんびん》さで姿勢を立て直した。向かってくるブロリーに、ベジータが拳を打ち返す。ブロリーはそれをかわさず、顔面で受けたまま押し返してきた。

「な、なんだこいつは！」

　一瞬のスキがあった。オーラをまとったブロリーの拳が、ベジータを直撃した。

「ぐっ！」

　今度は、ベジータが吹き飛ぶ番だった。

　氷山に叩きつけられ、動きの止まったベジータに向かって、さらにブロリーが襲いかかった。かわす間もなく食らったパンチで、ベジータは氷山を砕《くだ》きながらさらに吹き飛んでいく。

「成長のスピードが速い！」

　まるで、これでは戦いながら稽古《けいこ》をつけてやっているようなものだった。ベジータの繰り出した技や動き、状況判断を、あのブロリーは急速に自分のものにしていっている。

ベジータは、自分が次第に押されつつあることに気づいていた。攻撃より、防御《ぼうぎょ》の回数が増えているのがわかる。

はじめは通用した攻撃が受けられ、流され、果ては返されるようになり、圧倒していたパワーもほとんど対等か、押されるまでになっている。

「くっ、こいつ！」

ガードを押し破られ、ベジータはまともにパンチを受けて姿勢を崩していた。とっさに作り出した気弾をブロリーの腹に押しつけ、爆発の反動で目くらましをかけると同時に距離を取る。

ブロリーは、ベジータに向けて気弾を撃ってきた。ベジータはそれをかわしつつ、逆にブロリーに突っこんでいった。

意表《いひょう》を突かれたのか、ブロリーの攻撃が一瞬遅れる。そのスキをついて、ベジータはブロリーの脇をすり抜け、全速力で引き離しにかかった。

悟空《ごくう》は、ベジータとブロリーの攻防を見あげながら、驚きと期待に声を弾《はず》ませた。

「すげぇヤツだ！　素《す》のままで、互角に戦いはじめたぞ！」

その悟空のすぐそばを、必死の形相《ぎょうそう》のベジータが通り抜けていく。その一瞬後、ブロリーも氷原の氷を削《けず》り、巻きあげながら飛び去っていった。

逃げながら、ベジータは必死で気を練《ね》っていた。超《スーパー》サイヤ人から、さらに次元の違う力を引き出すためである。

上空に舞いあがったベジータの全身から、赤い気がしみ出るように広がっていく。それが全身を包みこんだとたん、ベジータの雰囲気が変わった。

「はぁっ！」

気合いとともに、ベジータの髪が赤い光に染《そ》まる。超《スーパー》サイヤ人とは明らかに異《こと》なる気を放つベジータに、ブロリーは急ブレーキをかけ、呆然とベジータを見あげた。

ベジータが変身してみせたのは、超《スーパー》サイヤ人ゴッドと呼ばれる状態だった。サイヤ人が自《みずか》ら生み出した、神——ビルスのような——に等《ひと》しい存在である。

もちろん、ブロリーがそんなことを知るはずもなかった。だが、それがどういうものか、本能的に感じ取ったのだろう。それまでの闘気《とうき》はなりをひそめ、ベジータの前に無防備《むぼうび》な姿をさらけ出すことになった。

「ああ……あ……」

怒《いか》りしかなかったブロリーの表情に、初めておびえの色が広がる。

ベジータは静かにブロリーを見おろし、手のひらをかざした。次の瞬間、ブロリーが見えない力に殴りつけられたように、大きく後方へと押しやられる。

「ぐっ！」

ベジータは、ありあまるパワーを手のひらに集中し、衝撃波として放っていたのだった。

表情ひとつ変えず、さらに続けて手のひらを突き出すと、必死で防御《ぼうぎょ》の姿勢をとるブロリーの体が大きく弾き飛ばされる。

「ぐっ！　ぐっ！　ぐっ！」

はっと顔をあげたブロリーが、防御を解《と》いて身をかわす。そのすぐそばをかすめた特大の衝撃波が、ブロリーの背後にあった山を吹き飛ばしていた。

「ぐわーっ！」

破れかぶれになって、ブロリーはベジータのもとに突っこんでいった。

だが、必死で振り回すブロリーのパンチは、ベジータにかすりもしなかった。悲鳴に似た声をあげつつ、さらに二発、三発と繰り出すが、ベジータは完璧《かんぺき》にそれを見切っていた。

「があぁあっ！」

渾身《こんしん》の力がこもったブロリーのパンチを、ベジータは掲《かか》げた手で軽々と受け止めた。

驚きに顔を歪めるブロリーの目の前で、ベジータがゆっくりと拳を引いていく。ブロリーは、それを黙って見つめるだけだった。動けなかったのだ。

「はっ！」

さほど力の入っていないように思える動きとともに繰り出されたパンチは、しかし、ブロリーがいままで受けたどの攻撃よりも重く、速かった。

数キロの距離があったはずの氷山に、ブロリーは一瞬のうちに突っこんでいた。勢いはそれでは止まらず、その氷山を貫《つらぬ》いてさらに吹っ飛んでいく。

いくつもの氷山を完全に破壊し、海上を漂っていた巨大な流氷《りゅうひょう》に叩きつけられて、ようやくブロリーは止まっていた。

激突したブロリーを中心に、氷の島と言ってもいいほどの流氷が大きく陥没《かんぼつ》し、亀裂《きれつ》が全体に広がっていく。


パラガスは、膝から崩れ落ちた。

「べ……ベジータが、ここまで腕をあげているとは……」

フリーザがつまらなさそうに言う。

「おや、もう限界ですか？」

「は……はい」

パラガスは力なくうなだれた。

それまで、楽しんでいたように見えたフリーザの顔から、表情が消える。くるりと背を向け、宇宙船に向かって歩きながら、パラガスに言った。

「まあ、いいでしょう……今日のところは、引きあげるとしますか」

「はい……」

のろのろと立ちあがったパラガスは、その時、異変に気づいた。

其《そ》之《の》五《ご》

果《は》てしなき強《つよ》さ

DRAGONBALL SUPER

呆《ほう》けたように空を見あげていたブロリーが、突然体を震《ふる》わせはじめた。

「うぐぐ……」

「なんだ?」

すぐそばまで接近したベジータが、けげんそうにブロリーを見おろす。

「い、いかん、ブロリー!! 今日はここまでだ!!」

パラガスの声だった。ベジータが振り向くと、顔を青ざめさせたパラガスが、こちらに向かって必死に走ってくるのが見えた。

「やめろ! 戻ってこい!」

ブロリーの体のまわりから、蒸気が噴《ふ》きあがった。パワーをかき集め、力をふりしぼっているらしい。ブロリーの放出する力のあおりを食って、流氷《りゅうひょう》がばらばらに砕《くだ》け、その場で蒸発していく。

「くっ!」

パラガスは顔をしかめ、腰のポーチに手を突っこんだ。それから驚きの表情を浮かべ、ポーチの中をのぞきこむ。

「なっ、ない！　リモコンがない！　そんな！」

パラガスは、よろよろとその場にへたりこみながら、ブロリーに向かって叫《さけ》んだ。

「ブロリー!!　やめろと言っているんだ！」

だが、ブロリーに父親の声は届かなかった。

「ぐぐ……」

流氷の残骸《ざんがい》の上に立ちあがり、体をふらつかせながら、なおもパワーをためこもうとしている。

パラガスは、死にもの狂いになって、もう一度声の限りに叫んだ。

「オレの言うことが聞けないのか――っ！」

ブロリーが顔をあげ、声のした方向を探して視線をさまよわせる。

「はっ……」

その瞬間、ブロリーの顔に正気《しょうき》の色が戻っていた。

だが、ベジータは冷たい表情で、ブロリーに気をためた手のひらを向け、吐き捨てた。

「くだらん」

ベジータが気功波《きこうは》を放つのと、悟空《ごくう》が叫ぶのはほぼ同時だった。

「や、やめろ、ベジーターッ!!」

超《スーパー》サイヤ人ゴッドのパワーで放たれた気弾《エネルギーだん》は、桁違《けたちが》いの破壊力だった。流氷だったものは、今度こそこっぱみじんに破壊され、ふくれあがる光のなかにブロリーの姿が消えていく。

すさまじい爆発が巻き起こった。

意識を薄れさせながら、ブロリーはゆっくりと海底へと沈んでいった。

だが、それは終わりではなかった。

「！」

爆発がおさまったと思われたその時、悟空は海の中で信じられないほどの気が爆発的に高まるのを感じた。悟空は飛びあがり、ベジータの近くから強烈《きょうれつ》な気を感じる方向を見おろした。

ベジータも、同じようにブロリーが消えた方向に目を向ける。ついいましがたまで浮かべていた余裕の表情は、そこにはなかった。

ざあざあと音を立てて、海が波立ちはじめる。海水が白く濁《にご》っているのは、波のせいだけではなかった。

「うおおおおお――――!!!」

ブロリーの叫びが、おそるべき気のうねりとなって悟空たちに叩きつけてくる。

海水が沸騰《ふっとう》し、でたらめに波打っていた海面が大きな渦《うず》を巻きはじめた。渦は次第に勢いを増し、中心が深く沈んでいく。と、その中心が閃光《せんこう》を放った。

ベジータの気弾が作り出した爆発に匹敵《ひってき》するか、それ以上の爆発が巻き起こった。

豪雨《ごうう》のように叩きつける海水の向こうに、ブロリーが浮かんでいた。

放出する気の圧力のせいで、海水が退《しりぞ》けられ、円形の水の壁の中心に立っているかのようだった。

「うぐぐぐ……」

猫《ねこ》科の獣《けもの》を思わせるうなり声とともに、ブロリーはためこんでいた力を解放した。

「うおおおおおお!!!」

ブロリーを中心に、全方向に向けて衝撃波《しょうげきは》が放たれた。

ベジータの一撃もかくやと思われるパワーに、悟空が驚きの声をあげる。

「うそだろ……!?」

それは攻撃ではなかった。ブロリーが潜在《せんざい》能力を解《と》き放《はな》ったせいで生じた余波にすぎない。では、ブロリーが本気で攻撃してきたら、どんなことになるのか。

「な……」

ベジータも同じように、力を解放するブロリーを驚きの目で見ていた。

「見たことあるか、あんなサイヤ人」

悟空の声に、ベジータは眉間《みけん》に深くシワを寄せた顔を向けた。

「おい、仙豆《せんず》を持ってきているか？　カカロット」

「持ってきてねえ」

ベジータは腕を交差させ、なおも押し寄せる衝撃波に耐えながら、ふたたびブロリーを見た。

「これは、遊んでいる場合じゃあ、ないな！」

ブロリーはなおも力を放ちながら、身を震わせ、苦しげな声をあげて、ゆっくりと顔をうつむかせていった。

「ううう……うおおお!!!」

不意に、その顔が持ちあげられる。カッと開かれた口からは、まばゆい光がもれていた。

「わわっ！」

ブロリーの口から、閃光《せんこう》が放たれた。高密度の気がビームとなって、海水を蒸発させ、まっすぐに悟空に向かってくる。

完全に不意《ふい》を突かれた格好《かっこう》で、悟空はそれをギリギリでかわすことしかできなかった。

悟空をかすめた気のビームは、はるか後方にある氷山を貫《つらぬ》いて、さらにその向こうの山をまんなかあたりから削り取り、はるかかなたの空中で大爆発を引き起こした。

いまの一撃で、完全に地形が変わっていた。

「げげ！　あんなのが地面に当たってたら……」

振り返った悟空が、顔を引きつらせる。

「くっ……」

やはり、その破壊力に驚きの目を向けていたベジータが、キッとブロリーをにらみつけた。

「はぁっ！」

気合いとともに、ベジータが全身に赤いオーラをまとう。同時に、空気を切《き》り裂《さ》いて、一瞬のうちにブロリーとの距離を詰め、十分に力の乗ったパンチを打ちこんだ。

どうだとばかりに顔をあげたベジータは、頬《ほお》にわずかに拳《こぶし》を食いこませただけのブロリーが、自分をにらみ返していることに気がついた。

「――なに」

ベジータはうめいた。眼前《がんぜん》に、巨大なパンチが迫る。とっさに腕を交差し、受け止めるが、体が大きく後方に飛ばされるのを止めることはできなかった。

距離を取るため、飛ばされた勢いをいかしてそのまま後ろ向きに加速するベジータだったが、ブロリーはわずかな時間で追いつき、パンチを繰り出してきた。

それを見切ってかわし、スキだらけのブロリーの脇腹《わきばら》を蹴る。ブロリーはきいたようすも見せず、そのままパンチを放ってきた。

それをまたベジータがかわし、今度は後頭部《こうとうぶ》めがけて蹴りを入れる。ブロリーの上半身がわずかに前のめりになるが、それだけだった。続いて振り回されるブロリーの腕を、ギリギリの距離でかわすベジータだったが、その動きからは明らかに余裕がなくなっていた。

フリーザが、明らかに興奮したようすでパラガスにたずねた。

「なんですか、あれは！」

パラガスは、わずかに青ざめた顔でその問いに答える。

「あ……あれは、サイヤ人が大猿《おおざる》になった時のパワーを、動きの鈍《にぶ》い大猿になることなく、人間のまま変身できるようにしたらしいのですが……」

フリーザは小さく首をかしげた。

「なにか問題でも？」

「そ……それが……」

パラガスは言いよどんだが、フリーザに先をうながされ、続けた。

「自分でも……コントロールがきかないようで……」


「ぐわあああ!!!」

ブロリーが、組んだ両手を頭上に振りかぶり、叫び声とともに振りおろす。

ベジータは、両腕を頭上で交差させ、ガードの姿勢をとった。だが、ブロリーのパワーは予想以上だった。

「ぐわ！」

ガードの上からダメージを食らい、ベジータは姿勢を崩《くず》して吹っ飛ばされた。

氷の塊《かたまり》を突き破り、地面に激突しながら、なんとか体勢を立て直す。ベジータは、ゆっくりと立ちあがりながら、目の前の氷山の上に降《お》り立《た》つブロリーを、いらだたしげに見あげた。

「くっ！」

その視線を受け、ブロリーが姿勢を低くする。いまにも飛びかからんばかりに力をためたところで、不意にかけられた声に動きを止めた。

悟空だった。

「おい、おまえ！」

ブロリーの目が、ぎろりと悟空に向けられる。

「そろそろ、オラとやろうぜ」

悟空は、防寒《ぼうかん》用の上着を脱《ぬ》ぎすて、準備運動のように小さく、軽く跳ねはじめた。首をくるりと回し、肩をほぐしながらステップを踏《ふ》み続ける。その顔は、これからあの怪物のようなブロリーと戦うとは思えないほど、落ち着き、微笑《ほほえみ》すら浮かべていた。

「ぬぅうう……」

ブロリーは悟空に目をすえたまま、低くうなり声をあげ続けていた。それは闘志を燃や

していというよりは、とめどなく噴《ふ》き出《だ》す力に苦しんでいるようにも見えた。

悟空の表情が変わる。同時に、踏んでいたステップがぴたりと止まった。

そうして、悟空は、こちらを見つめるブロリーに、真正面《ましょうめん》から視線を返した。

「ぐぉぉぉおおお!!!」

手で触れられそうな密度のパワーが、ブロリーの全身から噴き出した。全身の筋肉がふくれあがり、巻きつけられたコントロール用の首輪が弾け飛ぶ。

悟空の表情がぎゅっと引《ひ》き締《し》まった。同時に、半身《はんみ》になり、片腕を前に突き出すいつもの構えをとる。

「ふぅううう……」

悟空が息を吐き出しながら、深く腰を落とした。

それに反応したか、ブロリーは一歩退きながら、両腕を交差する構えをとった。

「ぬうぅぅううん!」

爆発したかのように、ブロリーから気が放出される。

それが合図になったかのように、悟空が飛び出していた。

わずかに遅れて、指をカギ爪のように曲げ、ブロリーも氷山を蹴って前に出る。

「はぁあああ!」

ほぼ同時に、ふたりの繰り出す拳が交差した。もろに打撃を食らい、悟空が吹っ飛んで

いく。

空中で踏みとどまった悟空は、素早《すばや》くブロリーに接近して反撃の拳を突き出した。

だが、スピードはブロリーが上だった。悟空の攻撃は届かず、ブロリーのパンチだけが悟空を打ちのめす。

「ぐっ！　はぁあ！」

それでも、悟空は打撃の反動を利用して蹴りを放った。それに対し、ほぼ本能だけでブロリーが応じる。ブロリーの蹴りが、悟空の蹴りを受け止め、激突したパワーが稲妻《いなずま》に似た閃光《せんこう》を放った。

「がぁあああああ！」

「ありゃりゃりゃりゃりゃりゃ‼」

そのままお互い至近距離に踏みとどまって、ふたりの目にもとまらぬ攻防がくりひろげられた。

激しい打ち合いの末、両者の間にわずかな距離が開《あ》く。そこに、素早く蹴りを打ちこんだのはブロリーだった。

「ぐわぁぁ」

かろうじてガードしたものの、ブロリーのパワーを受け止めきれず、悟空の体が大きく吹っ飛ばされる。だが、吹っ飛ばされながら、悟空は両手を上下に重ね合わせるように後ろに引き、かめはめ波《は》の構えをとっていた。

「はぁあああああっ！」

　完全に不意《ふい》を打つ攻撃だったが、ブロリーは紙一重《かみひとえ》でそれをかわしていた。さらに、残《ざん》像《ぞう》とともに姿を消す。

　悟空は迷わず振り返り、気弾をばらまいた。同時に出現したブロリーは、驚くほどの俊《しゅん》敏《びん》さでそれをかわし、避《よ》けきれないものを腕で弾《はじ》き飛ばす。

「がぁあ！」

　悟空が横に飛んだ直後、ブロリーの放った気弾が襲いかかる。数発を腕で弾いてかわしながら、反撃のスキをうかがうが、その時にはすでにブロリーが横に回りこんでいた。

　気づいた悟空がガードするより早く、ブロリーの拳が顔面に食いこんだ。

「ぐぁあああああ！」

　きりきりと回転しながら、悟空が近くの氷山に突っこんでいく。氷の斜面に大穴を開け、それでも勢いが止まらずに、なんとか手足を踏ん張ってブレーキをかけたところで、目の前に、すでにブロリーが迫っていた。

　悟空は反射的に頭をガードしていた。それをあざ笑うように、ブロリーが悟空の腹部にパンチをめりこませる。

「ぐ……ぎぎ……」

なんとか踏ん張ろうとした悟空だったが、こらえきれず、体をくの字に折って吹っ飛んだ。かすむ目でブロリーを見やると、猛然《もうぜん》と加速しながら拳を固め、こちらに向かってくるのがわかった。

「ぐああああああっ!!」

あっという間に追いついたブロリーが、もう一度悟空にパンチをぶちこむ。氷の斜面を突き抜けて吹っ飛びながら、悟空は、緑色に輝く炎のようなオーラが氷山の山頂を吹き飛ばす光景を見た。

そのオーラの中心には、猛《たけ》り立《た》つブロリーの姿があった。

「ぬぅぅおおおお……!!」

ブロリーの雄叫《おたけ》びが、大地を揺さぶる。

「ありゃあ!」

気合いとともに、悟空が手足を広げて空中で止まった。

こうして手合わせしてみて、はっきりとわかった。強い。とんでもなく。

悟空の手足に、鳥肌《とりはだ》が立っていた。

「ふっ……」

体の芯《しん》から震えがきた。とても恐ろしい相手のはずなのに、悟空はなぜか笑っていた。

悟空は両手を腰に構え、体を折るようにして気合いをこめはじめた。

「ぬぅううう……はぁあああああ!!」

悟空の周囲の空気が、爆発的にふくれあがる。同時に、逆立《さかだ》った髪の毛は金色に輝き、瞳《ひとみ》が黒から薄い青に変わり、強烈なオーラがその周囲を取り巻いた。

「はっ!!!」

超《スーパー》サイヤ人となった悟空は、ブロリーに向かって猛然と飛びかかった。

ブロリーもまた、悟空の変化に気づいていた。突然出現した巨大な気に反応して、接近する悟空に飛びかかっていく。

すれ違う一瞬、ブロリーは悟空に気弾を放った。かわせないタイミングで迫るそれを、悟空は手刀《しゅとう》で弾き飛ばし、素早く方向を変えてブロリーに接近戦を挑む。

激しい攻防があった。ベジータとの戦いでは、ブロリーは体力にものを言わせ、攻撃をかわさず強引に反撃していたが、悟空に対してはほぼ対等の打ち合いをくりひろげていた。技がおなじレベルなら、パワーに勝《まさ》るブロリーが有利だった。

「がっ!」

体当たりを受け、弾き飛ばされた悟空に、ブロリーが両拳を合わせて振りかぶった。瞬時に悟空はブロリーの背後に回りこみ、かめはめ波の構えをとる。

超加速で脱出するブロリーに、悟空も加速して追いすがる。ふたたび激しい打ち合いが始まるが、長くは続かなかった。

ブロリーが防御を捨て、悟空に蹴りを入れる。もはやブロリーの攻撃は、超《スーパー》サイヤ人のパワーで受け止めきれるものではなかった。

姿勢を崩した悟空に、ブロリーがさらに襲いかかる。なんとか受け流していた悟空だったが、劣勢《れっせい》は明らかだった。

「！」

ブロリーの繰り出したパンチは、なんの細工《さいく》もない真正面からの正拳突《せいけんづ》きだった。だが、それを止められない。

吹っ飛ぶ悟空に、ブロリーは気弾を手にさらに向かっていく。反撃の拳をかわし、悟空の体に気弾を押しつけて、ブロリーは後方へ飛んだ。

「あああああああ!!」

気弾の爆発に弾き飛ばされた悟空の背後に、高速移動で回りこんだブロリーが出現した。そうして、振りあげた拳で悟空を真下に向かって叩きつける。

四つん這いで着地した悟空の周囲が、ズンと音を立ててクレーターのように沈んだ。

「だっ！」

頭上から突っこんでくるブロリーに、悟空は逆立ちして蹴りを見舞った。

空中で姿勢を崩したブロリーは、いったん距離をとって着地する。悟空もまた、ひと息入れるように離れて地面に降り立った。

ブロリーが、両腕を腰に回し、姿勢を低くしてうなりはじめた。次の攻撃に備《そな》えて、力をためているのだ。

ブロリーに向かって、空気が移動するのがわかった。それは体内のパワーに呼応して、その周囲で渦を巻いていく。

「おおお……あああああ！」

悟空はそのブロリーを見て、ニヤリとなった。

「へへへ……」

楽しくてしかたがなかった。悟空が技を見せれば、すぐにそれに対応して成長してくる。こんな相手は初めてだった。パワーだけなら、超《スーパー》サイヤ人ゴッドを超《こ》えている。スピードも技も、超《スーパー》サイヤ人のレベルでは、とてもかなわなくなっている。

それなら――。

「うぉおおおお!!」

ブロリーが、空気を切り裂いて前に飛び出した。

「ふっ……」

悟空は素早く後退して、ブロリーとの距離を保《たも》ちながら、体内の気を変化させていった。

「はぁあああああああっ！」

その気合いとともに、激しく噴き出していたオーラが、悟空のなかに吸いこまれるように消える。

動きを止め、ブロリーに正対《せいたい》した悟空の瞳は赤く染まっていた。同時に、髪の毛も燃えるような真紅《しんく》に変わっていく。

ざあっと音を立て、赤いオーラが足もとから上に流れると同時に、悟空の周囲から激しい気の流れが完全に消えていた。

超《スーパー》サイヤ人ゴッドに変身した悟空は、なんの構えも取らず、突進するブロリーに向き直った。


ブロリーはひるまなかった。

超《スーパー》サイヤ人ゴッドは、ベジータとの戦いで一度目にしている。戦えない相手ではない。一度、ベジータを追いこんだ経験から、ブロリーのなかに自信が生まれつつあった。

そのまま勢いを殺さず、ブロリーは悟空のもとに突っこんでいった。

「があっ！」

獣の声をあげ、ブロリーがパンチを打ちこんだ。だが、悟空はそれにパワーでは応じなかった。

手応《てごた》えなく、パンチが地面に叩きつけられる。

なにをされたか、ブロリーには見えていた。悟空は、攻撃が命中するほんのわずか前のタイミングで身を引き、その力を地面に向けて流したのである。

「ぬぅううう！」

いらだちの声とともに、ブロリーは地面を打ち砕いていた。凍《こお》った地面にヒビが入り、地割《じわ》れが生まれる。

悟空は後方に飛んで距離をおきながら、ブロリーに向かって叫んだ。

「おい、落ち着け！」

ブロリーは悟空をにらみつけ、吠《ほ》えた。

「ぐぉおおおおおお!!!」

地面を蹴《け》立《た》てて、ブロリーが突進する。

「がぁあああああ！」

悟空はブロリーにじっと目をやったまま、微動《びどう》だにしなかった。と、その全身から、赤いオーラが陽炎《かげろう》のように立ちのぼっていく。

動こうとしない悟空に、ブロリーは振りあげた拳を構えて突進した。突風のように悟空の眼前に迫り、恐ろしいまでのパワーを乗せた拳を振りおろす。

「ぬあっ！」

「はあっ!!」

拳が届く寸前、悟空が鋭《するど》く気合いを発しながら手を突き出した。同時に、ブロリーのパンチは、見えない壁に阻《はば》まれたようにぴたりと止まっていた。

「ぐうっ……」

拳だけではない。ブロリーの体全体が、びくともしなくなった。見れば、全身に悟空のまとっている赤いオーラがからみついている。

「ぐうっ! があぁっ!!」

すさまじいパワーを集中して、ブロリーはこのいましめからなんとか逃《のが》れようと身を震わせる。赤いオーラの縛《しば》りつける力と、ブロリーのパワーがぶつかり合い、悟空の足が地面にめりこむが、それだけだった。

悟空は静かな表情のまま、ブロリーに語りかけた。

「オラたちはここで……この地球で平和に暮らしている」

ブロリーは、悟空をにらみつけ、全身の筋肉を盛りあがらせて前に出ようとする。恐ろしいまでの力の衝突に、周囲の地面が割れ、盛りあがり、爆発したかのように氷や土砂が噴きあがった。

「まあ、いろいろ……あったけどな……」

言いながら、悟空の脳裏《のうり》に、いままでの戦いが思い出されていった。

ピッコロ大魔王《だいまおう》との戦い。

そして、実の兄ラディッツに勝つために、自分を犠牲《ぎせい》にしなければならなかったこと。

ベジータとの死闘、ナメック星でのフリーザとの決戦。

人造人間《じんぞうにんげん》たち、セルとの戦い。

魔人《まじん》ブウの異次元の強さ。

本当にいろいろなことがあった。絶体絶命《ぜったいぜつめい》の危機もあったし、いまは仲間になっているベジータやピッコロたちとの出会いもあった。

悟空はブロリーに向かって両腕を広げ、笑いかけた。

「とにかくおめえは悪いヤツじゃねえ……オラにはわかるんだ」

ブロリーはじっと悟空を見返していた。抵抗が、わずかに弱まったように感じられる。

「こんなことはやめろ！　悪いヤツらの言うことなんて、聞くことはねえぞ」

戦いのようすをながめていたフリーザが、悟空の言葉に反応して低く笑った。

「ふふふ……」

フリーザは気づいていたのだった。ブロリーの生《お》い立《た》ちが、けっして悟空の言うようにはさせないだろうということに。

ブロリーはゆっくり目を閉《と》じた。そうして、なにかを考えるようにじっと沈黙する。

ふたたび目を見開いたブロリーの表情は、ほんのわずかやわらいだように見えた。

一瞬、息を抜きかけた悟空は、しかし、続いて押し寄せたすさまじい衝撃に表情を変えた。

「ぐぅうう、がぁあああ!!」

さっきまでビクともしなかった金縛《かなしば》りが、ブロリーの力に押し負けはじめている。

「くっ!」

悟空は意識を集中し、拘束《こうそく》する力をさらに強めていった。赤いオーラがブロリーを取り囲み、縛りあげる。

「があ、ぐぐぐ……」

だが、そこまでだった。

「があっ!」

縄《なわ》のように絡《から》みついた悟空のオーラを、ブロリーは、絶叫《ぜっきょう》とともに引《ひ》き裂《さ》いた。

ブロリーは、体が自由をとりもどしたことを確かめ、悟空に向かってパンチを放とうとする。同時に、全身から噴《ふ》き出《だ》したオーラが、悟空の体に絡みついてきた。

「むっ」

それは、悟空がブロリーを縛っていた気と同じものだった。距離を取ろうと飛びあがった悟空は、足をつかまえられたことに気づいた。

「ぐっ……」

頭上から、ブロリーのパンチが降ってきた。絡みついたオーラはたちまち全身をとらえ、悟空はその姿勢のまま身動きすることができなくなっていた。

悟空はすさまじい集中力を動員して、かろうじて首だけを動かした。ブロリーの拳が悟空の頬をとらえたのは、まさにそのタイミングだった。

「ぐぅ!!」

その衝撃のおかげか、悟空の体に自由がもどった。悟空は頬にパンチを受けたままの格好で、力まかせにそれを押し返していく。

そうして、ブロリーの腕に自分の腕を絡みつかせ、反動をつけて一本背負いの要領で投げ飛ばした。

地震かと思わせる衝撃が、あたりに広がった。

「うわわわわ!!」

足もとを襲った激震に、ブルマがあわてふためく。ベジータに助けられ、空中に逃れると、氷の平原はさっき上空から見おろした時とはまったく違う風景に変貌《へんぼう》していた。

ブロリーの戦いぶりは、ほとんど天変地異《てんぺんちい》の類《たぐい》と一緒《いっしょ》だった。

「まあ、あらあらあら」

ブルマたちの横で、やはり空中に逃れたウイスが気楽な調子で笑っていた。

一方、フリーザの宇宙船も、その衝撃に大きく揺さぶられていた。

フリーザ自身は気にしていなかったが、キコノたちのように戦闘力《せんとうりょく》がごく低い存在にとっては、そうは言っていられないようだった。

「フリーザさま、少し離れていいですか？」

戦闘に見入っていたフリーザは、キコノの声に振り返り、もう一度ちらとブロリーのほうを見やってからうなずいた。

「そのほうがよさそうですね」

それから、胸もとで抱《かか》えるように浮かべていたドラゴンボールを、キコノに向けて押しやった。

キコノは、ばらばらに飛んできたボールを受け止めきれなかった。こぼれたボールを、そばにいた人影がキャッチする。ブロリーを連れてきた飛行士たちだった。

キコノはフリーザに向かって叫んだ。

「ドラゴンボール、確かにお預《あず》かりしました！」

不安定な足場からふわりと浮かびあがり、宇宙船が上空へと離れていく。

フリーザはそれを見送ってから、近くに立っているパラガスに顔を向けた。

「さて、これで心おきなく、あなたの息子の活躍が見られますね」

「え……」

呆然と振り返ったパラガスの顔は、青を通り越して真《ま》っ白《しろ》になっていた。

戦いは続いていた。かなりの高さから見ていても、ブロリーの戦いぶりがどれほどかわかる。

チライは、ブロリーが放つ攻撃の輝きや、大地が揺れるさまを宇宙船の窓越しに見おろして、驚きを隠せなかった。

「あ……あそこまですごかったんだ……あいつ」

「……だが、ありゃまともじゃないぞ……」

チライの隣で、やはりブロリーのようすを見ていたレモは、眉間《みけん》にシワを寄せてそうつぶやいた。その腕のなかでは、ドラゴンボールが光を放っている。

「ああ……」

レモの言葉にチライがうなずく。その顔は、怒《いか》りとブロリーへの同情で複雑な表情を浮かべていた。

ブロリーの優勢は明らかだった。さっきまでは対等か、それ以上に見えたあのサイヤ人は、いまでは一方的にブロリーの攻撃を防ぐことしかできなくなっている。

だが、あれはチライたちの知る、穏《おだ》やかで優《やさ》しい青年ではなかった。

「あのオヤジのせいだよ」

「……ああ」

レモが相槌《あいづち》を打った。

「おとなしいブロリーを、強引《ごういん》に自分の思い通りの戦士に育てた結果だよ……」

チライは、パラガスが食堂でブロリーを止めた時のことを思い出していた。その前に、フリーザの前で父親があのリモコンを取り出した時のおびえ方を見れば、言うことを聞かせるためにどれだけあれを使って痛めつけられたか、考える必要もない。

「それが、キレたのか」

「なんてかわいそうなヤツだ……」

チライの目には、ブロリーが泣きながら戦っているようにしか見えなかった。

パラガスはおびえていた。ただだらしなく座《すわ》りこみ、体を小刻《こきざ》みに震《ふる》わせている。

「ああ……このままでは、わたしはブロリーに殺されてしまう……」

ブロリーの戦いを見るでもなく、パラガスは頭を抱えるようにして嘆《なげ》き声《ごえ》をあげるだけだった。

「あああ……終わりだ……」

そのようすを、フリーザは冷ややかに見おろすのだった。

戦いはすでに一方的だった。

悟空は、ブロリーのパンチを腹に受けて吹っ飛び、地面に体をめりこませていた。

そこに、追いついてきたブロリーが、足でさらに踏みつける。

「があぁっ！」

かろうじて意識を保っていた悟空は転《ころ》がって逃げるが、ブロリーの攻撃は執拗《しつよう》だった。

体の痛みにうめきながら、何度も踏みつけてくるブロリーをかわし、悟空はなんとか姿勢を立て直す。

「はっ！」

悟空は、手のなかに気弾を作り出し、ブロリーにたたきつけようと飛びかかった。

だが、攻撃が届く前に、ブロリーの手が気弾ごと悟空の手をつかみ、握《にぎ》りつぶす。

「ぐわ！」

悟空は、ブロリーから身を離そうと後ろに飛んだ。

ブロリーは、そこで素早く悟空の足をつかみ、パワーにものを言わせて振り回しはじめた。右に、左にと地面に叩きつけられ、そのたびに悟空の絶叫が響きわたる。

さらに、ブロリーは悟空の頭をつかんで、近くにあった氷壁に突進した。ガン、と悟空の顔をざらつく氷の壁に押しつけ、絶叫しながら駆《か》けだしていく。

悟空の叫び声とともに、氷の壁が一直線に削《けず》りとられていった。そうして、氷の壁がとぎれたところで、ブロリーは悟空を力まかせに放り投げていた。

吹っ飛んだ悟空が、遠くに落ちるのが見えた。そのまま、二度、三度とはねて、ようやくあおむけになって動きを止める。

ぼろきれのように地面に転がった悟空の前に立って、ブロリーは天を仰《あお》ぎ、雄叫《おたけ》びをあげた。

「がぁあああああ!!!」


フリーザは、その悟空のさまを見て、心楽しげに笑みを浮かべた。

「おやおや、このフリーザさまの出番がありませんねえ……」


『孫《そん》!!』

ピッコロの声を聞いたような気がして、悟空の意識が暗闇の底から浮かびあがる。

うっすらと開いた目には、すぐそばで獰猛《どうもう》な叫び声をあげるブロリーの姿が映《うつ》っていた。

『なにがあったんだ？　この気は、フリーザだけじゃないな……』

ふたたびピッコロの声が聞こえた。

『……あ、ああ、まあな』

心の中でそう答えながら、悟空は体の感覚がもどってくるのを感じていた。

『取りこみ中のようだな……』

悟空は、空気を求めて口を開き、すっかり縮《ちぢ》んでいた肺《はい》を無理《むり》やりふくらませた。新鮮な空気が流れこみ、呼吸が再開する。

『そういう、こと』

『とんでもない気だ……』

気を探《さぐ》って、ブロリーの存在に気づいたのだろう。聞こえてきたピッコロの声には、驚きと同時に、悔《くや》しげな響《ひび》きがあった。

『オレが行っても、かえってジャマか』

悟空はゆっくり身を起こしながら、ピッコロに言った。

『そのまんま、待機《たいき》してくれ……』

ブロリーの雄叫びが止まった。起きあがる悟空に驚きの表情を向け、それから身を低くして構えをとる。

『ヤバくなったら、そっちに瞬間移動する』

ピッコロにそう言いつつ、ふらふらと立ちあがる悟空に、ブロリーはどこかうれしげな表情を浮かべた。

やはり、ブロリーもサイヤ人なのだった。戦いは恐ろしく、嫌《いや》なことだったはずなのに、いまは、悟空がふたたび立ちあがったことによろこびすら感じている。

戦うことこそがすべて――それが、自らを戦闘民族《せんとうみんぞく》と呼ぶサイヤ人の天性《てんせい》とでもいうべきものだった。

『おまえがそんなこと言うなんて、相当の相手だな……』

口を開こうとして、悟空は腕に走った苦痛に顔を歪《ゆが》めた。そうして、力のない笑みを浮かべ、声に出してこう言った。

「へへへ……じゃあな」

悟空は、まっすぐブロリーを見あげ、笑みを浮かべたまま自分の道着《どうぎ》に手をかけた。すでにボロボロになっていたそれを無理やり引きちぎり、脱《ぬ》ぎ捨《す》てる。

そうして、悟空は、渾身《こんしん》の気を練《ね》りはじめた。

「おおおお……」

超《スーパー》サイヤ人でもなく、超《スーパー》サイヤ人ゴッドとも違う、さらに異質で攻撃的なパワーが、悟空を包みこんでいく。

「りゃあああああ!!!」

悟空の髪が青く染《そ》まり、同時に、青白いオーラが衝撃波とともに周囲に広がっていく。

サイヤ人の神ともいえる、赤いオーラをまとった超《スーパー》サイヤ人ゴッド。それがさらに限界を超え、次元の異《こと》なる力を手にしたもの。

悟空が変身したのは、その超《スーパー》サイヤ人ゴッド超《スーパー》サイヤ人――あるいは超《スーパー》サイヤ人ブルー――と呼ばれる姿だった。

ブロリーは、悟空が新《あら》たな姿に変身するのを見届けてから、楽しげにも見えるようすで身構えた。

悟空が顔をあげる。青く輝く瞳が、まっすぐにブロリーを見据《みす》えた。

次の瞬間、恐ろしいパワーを秘めたふたりのサイヤ人は、地響きを立てて激突した。その衝撃で地面は大きく割れ、ひと抱えもある岩が小石のように舞いあがった。

激しい攻防《こうぼう》の末、ブロリーはふたたび悟空の足をつかんでいた。そのまま、おなじように足を持って地面に叩きつける。

だが、悟空はけろりとした顔で、ブロリーに向けて気弾を放っていた。至近《しきん》距離でケタ違いの威力を持つ気弾を受け、ブロリーは悟空の足を放して吹っ飛んでいった。

遠ざかるブロリーめがけて、悟空は地面を蹴り、すさまじいスピードで飛びあがった。

ブロリーは追ってくる悟空に、無数の気弾を放って迎撃《げいげき》する。

だが、悟空は気にもせず、まっすぐそのなかに突っこんでいった。すぐさま、空中に無数の爆発が広がっていく。

「だりゃー！」

無数の気弾を突き破り、悟空がまっすぐ飛び出してきた。

空中で待ち構えるブロリーを、悟空の拳が直撃する。負けずにブロリーもパンチを返し、そして、悟空は殴られるままに、さらに殴り返した。

らちがあかない打ち合いにしびれを切らせたか、ブロリーが大振りのパンチを叩きつける。悟空はそれを受け、力をそらせて、そのままの流れでブロリーの巨体《きょたい》を両腕で抱えこんだ。

なんとかそれを引きはがそうと、ブロリーが悟空の背中を殴る。だが、どれほどの力をこめようとも、悟空の腕は外《はず》れなかった。

悟空はブロリーの体を抱えたまま、地上へと一気に降下した。そのまま地面を突き破り、地下深く潜《もぐ》っていったふたりは、地底を流れる溶岩《ようがん》のなかに飛びこんでいく。

溶岩のなかでも戦いは続いた。ブロリーが手を伸《の》ばし、悟空の首をつかむ。悟空はブロリーの手首をつかみ返し、大口を開けて思いきり噛《か》みついた。

「ぐああ！」

悲鳴をあげるブロリーは、悟空から手を振りほどき、苦しまぎれの蹴りを放ってきた。

悟空はそれをやすやすと見切り、逆にブロリーの足をつかみ、振り回した。

「うぉりゃー！」

悟空に放り投げられたブロリーは、そのまま地下の天井を突き破り、地上へと飛び出していった。

後を追う悟空が地上に飛び出す。はるか上空で、巨大な気の塊《かたまり》を頭上に作り出したブロリーが、それを待ち構えていた。

「がぁああっ!!」

ちょっとした山ほどの大きさの気弾が、悟空に向けて放たれた。

悟空は恐れたようすもなく、その巨大な気の塊を受け止めた。だが、その勢いに押され、地面の上で大爆発が起こる。

爆発は地面を打ち砕き、地底を流れる溶岩を噴き出させた。

氷の平原が、一瞬で燃える大地に変わっていた。

そのただなかに、悟空が立っていた。ダメージを負《お》ったようすはない。

ブロリーが吠《ほ》え、戦いが再開した。


爆発の余波《よは》は、フリーザたちのところにも襲いかかっていた。

「が……ぐ、うわっ!」

叩きつけた突風に耐えきれず、パラガスが吹き飛ばされていく。

フリーザは素早く障壁《バリアー》を張り、横目でパラガスのあわてる姿をながめるだけだった。

近くにあった岩にしがみついた格好で、パラガスは呆然と顔をあげた。

遠くでは、ブロリーと孫悟空がなおも戦っていた。

彼らが拳を打ちつけるたび、空気が鳴動《めいどう》し、山が崩《くず》れ、大地が割れる。そして、それはおさまる気配がまったくなかった。

「も……もしかしたら、ベジータ王の言ったことは、正しかったのか……」

パラガスは恐怖に顔を歪めながら、絞《しぼ》り出《だ》すようにそうつぶやいた。


超《スーパー》サイヤ人ブルーの力は、ブロリーのそれを少しずつ上回りはじめていた。

悟空の放つ打撃を、ブロリーは受け止めきれない。一方、ブロリーの攻撃は悟空に見切られ、空振《からぶ》りすることが多くなっていた。

「があ*!!*」

悟空のパンチが、ついにブロリーをまともにとらえていた。

空中で姿勢を崩すブロリーに、悟空が連続で攻撃をしかけた。体当たりから、なおも反撃を試みようとするブロリーに裏拳《うらけん》を打ちこみ、ひるんだところをゼロ距離で気を炸裂《さくれつ》させる。

「はあああ*!!*」

吹き飛ばされたブロリーは、溶岩の流れる山肌に叩きつけられ、周囲をクレーターのように陥没《かんぼつ》させた。


フリーザは、死んだような目で岩に背中を預けているパラガスを、肩越しに振り返った。

「今度こそ、これ以上はないのですか？」

「は……はい……」

「なるほど……」

フリーザはブロリーのほうに目を戻しながら、悟空が超《スーパー》サイヤ人に覚醒《かくせい》したナメック星でのことを思い出していた。

あの時、悟空のそばにいたクリリンという男を殺してみせたことが、直接のきっかけになったはずではなかったか。

フリーザはもう一度パラガスに目をやって、それから邪悪《じゃあく》な笑みとともにつぶやいた。

「試《ため》してみましょうか」

フリーザはパラガスに向き直り、まっすぐ指先を心臓に向けた。

気配に気づいて、パラガスがぼんやりと顔をあげた。一瞬遅れてフリーザの意図《いと》に気づき、あわてふためきながら逃げ出そうとする。

「な……あ、あああ！」

フリーザの指先が、閃光を放った。

口を開きかけたまま、パラガスの表情が凍《こお》りつく。胸のあたりにこげた穴を開《あ》け、力を失ったパラガスの体は、ぐったりと前のめりになった。

フリーザは満足げにそれをながめてから、くるりと振り返り、咳払《せきばら》いをしてからブロリーに向かってこう叫《さけ》んだ。

「ブロリーさん!! これを見なさい!!」

自分を呼ぶ声に、悟空と戦っていたブロリーが振り返る。

「ブロリーさん! お父さまが、殺されてしまいました!!!」

わざとらしく、大げさなしぐさで、フリーザはぐったりとなったパラガスを指さしてみせた。岩に背中を預けていたパラガスが、ずるりと横に倒《たお》れていく。

最初、自分の見たものがなにを意味するのか、ブロリーは理解することができなかった。死は知っている。バンパの大ダニや、バアたちと戦って倒せば動かなくなる。バアは好きだから、そんなことはしなかったが。

だがそれが、パラガスにも起きることだと理解するのに、ずいぶん時間がかかった。ブロリー以外の人間にとっては、ほんの瞬《またた》くほどの時間だったが。

「ああ……」

ブロリーが目を見開いた。

その体が細かく震え、取り巻くオーラが乱れはじめる。

ブロリーにとって、ずっと一緒にいた父だった。首輪の罰《ばつ》は恐ろしかったし、バアをいじめてほしくなかった。訓練は厳《きび》しかったし、強くなってもほとんどほめてくれなかった。

それでも、パラガスはブロリーがただひとり、頼《たよ》ってきた父親だった。

ブロリーのなかで、なにかが弾けた。

「があああああああーっ！」

ブロリーの周囲に、恐ろしく濃密で恐ろしく強い気が集まっていく。見る間に、それは信じがたい濃度まで高まり、そして、爆発した。いや、爆発したかに思われるほどの力を、周囲に解き放った。

「！」

衝撃を受け、悟空の体が吹き飛ばされる。なんとか姿勢を立て直し、距離を置いて着地した悟空は、ブロリーのいた場所から、巨大なオーラの壁が立ちあがるさまを見た。

天を衝《つ》くほどにそびえ立ったその柱のなかに、ゆっくりと浮かびあがる影があった。

もちろん、それはブロリーだった。だが、それはいままでとは明らかに違うものだった。

押し寄せる強烈な波動に、悟空の体がビリビリと震える。

空高く舞いあがったブロリーのまわりに、引き寄せられるようにオーラが集まっていく。

やがて、それはブロリーを包む球体《きゅうたい》となった。

たたきつける嵐のような暴風のなか、ブロリーのようすを見守っていたフリーザは、子供のように歓喜《かんき》の声をあげた。

「やった!! 成功しましたよ!」

だが、フリーザはまだ気づいていなかった。自分が、なにを起こしてしまったのかということに。

ブロリーの絶叫は続いていた。緑の光を放つオーラのなかで、逆立《さかだ》った髪の毛が、金色に変わっていく。

それからブロリーは首を動かして、瞳《ひとみ》のない目で悟空をねめつけた。

「がっ!」

ブロリーを取り巻く球体が、収縮したように見えた。と、次の瞬間、球体が弾け、無数の気弾が周囲に向けてばらまかれた。

悟空は、自分に向かってきた気弾を、後ろに飛んでかわす。直後、その周囲で、いっせいに爆発が起こった。

離れた場所に立つフリーザにも、爆撃のような気弾が降りそそぐ。

「ふふふ……」

満足げな笑みをもらし、フリーザは暴風のように力を振るうブロリーを見あげていた。

さらに、今度は明らかに悟空を狙《ねら》って、雨のように気弾が降りかかってきた。

悟空は腰を落とし、手刀《しゅとう》でそれらをすべて弾き飛ばす。

「ぐあああーっ！」

ブロリーが吠える。同時に、その周囲を取り巻くオーラの球《たま》が、その大きさを増していく。

悟空は、地面を削りながら迫る巨大な球体の前から、飛びあがって空中に逃れた。そのすぐ後を、球体から飛び出したブロリーが追う。

「いいですねえ……そんな顔を、待っていましたよ」

だが、そうつぶやくフリーザの顔からは、なぜか笑みが消えていた。どこかいらだたしげな表情で、フリーザはその戦いを見つめるのだった。

「なにをグダグダやっている！　バカめ!!」

ブルマたちのそばで、悟空の戦いを見守っていたベジータは、いらいらとそう言って飛び出していった。

追いすがるブロリーから必死で逃げる悟空のそばに近づくと、ベジータは叫んだ。

「一対一にこだわっている場合じゃないだろう！」

「悔しいが……そうらしいな」

悟空がそう答えると同時に、ベジータが一気に青いオーラを身にまとう。

「ええやあっ！」

超《スーパー》サイヤ人ブルーとなったベジータは、悟空とともに反転してブロリーに立ち向かった。

連携《れんけい》のとれた動きで攻撃する悟空たちに、ブロリーは互角《ごかく》の戦いをくりひろげた。

拳を繰り出す悟空の足をつかみ、振り回しながら、ベジータの蹴りをかわして振り返る。なおも攻撃しようとする悟空たちに、ブロリーは周囲に無数の気弾を作り出し、ふたりに向けてそれを放った。至近距離で気弾を受け、ベジータの戦闘服がはじけ飛ぶ。

その場をなんとか逃れたベジータと悟空は、なおもブロリーが放ってくる気弾をかわしながら目を合わせた。

「やるぞ、ベジータ！」

ふたりは地面すれすれを飛んで、追撃してきた気弾をやり過ごす。だが、さらに大量の気弾が、ベジータたちの頭上から襲いかかった。

「くそったれがあっ！」

加速《かそく》と減速《げんそく》を繰り返し、必死でブロリーの攻撃をかわし続けた悟空とベジータは、背中合わせで技の構えを取りながら、急ブレーキをかけ、振り返った。

「ギャリック砲《ほう》！」

「かーめーはーめー……」

ふたりが構えた両手のひらの間に、強烈な気が高まっていく。

「はあっ!!!」

気合いの声と同時に、悟空とベジータの放つ合体した気功波が、ブロリーに向かってのびていった。

ブロリーは、両手に作り出した気弾を突き出し、真正面から悟空、ベジータ渾身の気功波を受け止め、消しとばした。

その衝撃で、地面を覆った溶岩が猛然と噴きあがる。

悟空とベジータは、襲いかかるブロリーをかわしつつ、手近な崖《がけ》に向かって上昇していった。

「!?」

崖の上には、高みの見物を決めこんでいたフリーザが立っていた。

そのフリーザの目の前を、悟空とベジータが通り過ぎていく。それに一瞬遅れて、ブロリーの巨体があらわれた。

ブロリーは、じっとフリーザに目を向け、悟空たちを追おうとしなかった。

「おっ、お待ちなさい！　わたしはフリーザですよ!!」

まるでその言葉が合図になったかのように、ブロリーが問答無用《もんどうむよう》の勢いでフリーザに襲いかかった。体当たりと同時に胸から発せられた気弾が炸裂する。

「うぉわあああああ!!」

吹き飛ばされたフリーザは、なんとか反撃を試《こころ》みるものの、ブロリーに一方的に殴られるばかりだった。

そのようすを後ろ目に見ながら、悟空はベジータの手を取った。

「ベジータ、いまだ、こっちに！」

「なっ、なんだ」

とまどうベジータをつかんだまま、悟空は額《ひたい》に指を当て、瞬間移動でその場から消えた。


「む！」

次に悟空たちがあらわれたのは、ピッコロが修業《しゅぎょう》していた切り立った高い山の上だった。

出現するなり地面に倒れこみ、はあはあと息を切らせる悟空とベジータに、振り返ったピッコロがたずねてくる。

「おいっ、いったいなにが起こっているんだ！」

悟空と重なるように倒れていたベジータが、いまいましげに悟空の手をもぎ離す。

「えい、離せっ！」

悟空はベジータとともに体を起こしながら、見おろすピッコロを振り返った。

「急ぐんだ、話はあとで——ピッコロ、仙豆《せんず》持ってねえか？」

ピッコロは即座に答えた。

「いや、持ってない」

悟空は少しの間考えてから、ベジータのほうを向いた。

「おいベジータ、フュージョンって技、知ってっか？」

「フュージョン？」

座りこみ、ブロリーへの対策を考えていたらしいベジータは、悟空の言葉に顔をあげた。

「ああ、そういえば、トランクスから聞いたことがある——」

そこで、ベジータの顔色が変わった。

「くだらない動きをして、合体《がったい》する技か!?」

「ああ！　フュージョン、するぞ！」

悟空の見せたポーズを見て、ベジータが険悪《けんあく》な表情を浮かべ、立ちあがった。

「ふざけるな！　キサマと合体なんて、するか!!」

「三〇分間だけだ！　前にもポタラで合体したじゃねえか。ポタラはここにねえし、フュージョンするしかあいつに勝てねえぞ」

「合体はやむをえんとして――」

悟空の言葉はその通りだった。だが、ベジータは顔をしかめながら、心底イヤそうに言った。

「こんな、こんな、こんな動きを、オレにしろって言うのか！」

心底《しんそこ》イヤそうに言いながら、ベジータは、フュージョンのポーズを意味するらしい珍妙《ちんみょう》な動きをして見せた。要するに、ベジータにとって、フュージョンの動きはひどく屈辱的《くつじょくてき》だと言いたいらしい。

悟空は正しいポーズをやってみせながら、いたって真面目《まじめ》に答えた。

「これじゃねえと勝てねえ！　地球がなくなっちまうかもしれねえんだぞ」

ベジータは腕を組み、背を向けた。

「フン！　だったら、それも運命だ」

「愛するブルマが、死んじまってもいいのか？」

痛いところを突かれて、ベジータの表情がひきつる。頬を紅潮《こうちょう》させながら、ベジータは肩越しに答えた。もう、やけくそだった。

「は、恥ずかしいことを言うな……チィ……わ、わかった、早く教えろ！」

フリーザは切り立った崖に押しつけられ、ブロリーのパンチの連打を受けていた。

何発もパンチを受け、壁がフリーザを中心に大きくくぼんでいく。

一方的だった。反撃を試みても、そもそもフリーザの攻撃がまったく通用しない。スピードも、パワーも、全部ブロリーのほうが上だった。

苦痛よりも、その事実のほうがフリーザには屈辱だった。

「ぬうおぉあああああっ!!」

フリーザの体が、突然黄金《おうごん》に輝きはじめた。金色のオーラがバリアーのように広がり、ブロリーの体を押しやっていく。

「よくもこのわたしに、ここまでやってくれましたね……」

全身を金色に染めたフリーザが、ブロリーの目の前に降り立つ。

「そんなあなたには、このゴールデンフリーザの威力を、思い知らせてやりましょう！」

不敵な笑みを浮かべ、両腕を広げて構えを取ったフリーザが、その言葉とともに前へ飛び出した。

「フュ――――ジョン！」

呆れ顔のベジータの前で、悟空とピッコロがポーズの手本を見せていた。

「ハッ！」

最悪なのは、道化《どうけ》としか思えない腕の動きからの横歩きだった。それだけでも十分だったが、最後に両手の指を合わせてふたりで輪を作る仕草《しぐさ》をする必要があるのだ。

「な、なんという恥ずかしいポーズだ……」

顔を引きつらせるベジータに、悟空の声が飛んだ。

「これがフュージョンだ。時間がないんだ、さあ、練習してみっぞ！」

ベジータは屈辱に顔を歪め、一歩、二歩と後ずさりながら固く目を閉じた。

「どうした、ベジータ」

悟空のお気楽な声が響く。

「くっ、死んだほうがマシだ……」

結果的に、それがフリーザに必要以上の苦難を招くことになった。

そもそも、ベジータはフュージョンをなめきっていた。

「フュ――――ジョン、ハッ!!」

見つめるピッコロの片眉が、ピクリと動いた。

ポーズの完成と同時に、悟空とベジータの姿が溶《と》け合《あ》うようにして消え、光とともに人影があらわれる。

「ヘヘッ！　これで最強だな!!」

だが、そこにいたのは、ただのデブだった。ぶくぶくとした体は感触がよさそうだったが、それ以上の取《と》り柄《え》がまるで見えなかった。

「ダメだ！　指が合っていない!!」

ピッコロの指摘に、悟空とベジータの合体した太いのは、たじたじとなった。

「三〇分後にもう一度だ」

「いいっ!?」

フュージョンは非常に難度《なんど》の高い技だった。わずかでも呼吸やポーズが合わなければ、たとえ合体できてもまともな姿になることはできない。そして、三〇分間は、合体を解《と》くことができなかった。

そう、つまりしくじれば、三〇分間はなにもすることがないのだ。


さっきに比《くら》べれば、多少はマシになったかもしれなかった。

ゴールデンフリーザのパンチは、まともに入れば少しはブロリーの動きを鈍《にぶ》らせられたし、渾身《こんしん》の一撃を放てば、そのまま受けないでかわすようにはなっている。

とはいえ、それだけのことだったが。

「ぎゃあああああああああ！」

フリーザのサンドバッグ状態は続いていた。

とはいえ、ブロリーの攻撃をもろに食らいながら、三〇分以上耐え続けていること自体は、驚きに値《あたい》するだろう。さすがフリーザ。宇宙の帝王《ていおう》を名乗るだけのことはある。

そして、悟空とベジータのフュージョンをものにする修業は、三〇分のインターバルを終えて、再開されていた。

「フュ————、ジョン！　ハッ!!」

今度出現したのは、まともに立っていることもできないような、ガリガリのやせっぽちだった。

ピッコロの冷酷な指摘が飛ぶ。

「全然ダメだな。ふたりの角度が微妙に違う。また三〇分後だ」

そういうわけで、フリーザの戦いは、一時間以上に及んでいた。

さすがのフリーザも、そろそろ体力が尽《つ》きようとしている。ブロリーはといえば、無限の体力があるとでもいうように、変わらないパワーで攻撃を続けていた。

「うおおおお！」

ブロリーのパンチをまともに食らい、フリーザは絶叫とともに吹っ飛んでいた。

「があああああ!!」

きりきりと空中を舞って、フリーザは背後の岩山に叩きつけられた。


「フュ――――ジョン、ハァッ!!」


「ぬっ！」

ピッコロの目が、悟空たちの動作を厳しく見つめる。

ふたりの体が光のなかに消えていき、そして、渦《うず》を巻くように絡み合ったふたつの光が、人の形に変わっていった。

とてつもない気が生まれ、押し寄せる。それを見て、ピッコロは満足げに笑った。

たたずむ人影は完璧だった。無《む》駄《だ》な気は放っていないが、内に秘められた力は、遠くに感じるブロリーのそれに負けないどころか、さらに上回っているように感じられる。

「よし、さっさと行って倒してこい！　えっと……」

そこまで言って、ピッコロは困った。

「な、なんて呼べばいい？」

「え……ポタラの時はベジットだっけ……じゃあ、えっと……」

悟空とベジータの重なった声で、彼は言った。ひどく危機感のない口調に、ピッコロがしびれを切らせる。

「もういい、早く行け！」

「そうはいかない。確かに名前があったほうがカッコイイかも。今度は、えっと……」

それから、彼は顔をあげ、不敵《ふてき》な笑みとともにこう言った。

「ゴジータだ！」

其之六《そのろく》

サイヤ人《じん》超《ちょう》決《けっ》戦《せん》

DRAGONBALL SUPER

ブロリーはそれ以上向かってこなかった。フリーザに、抵抗《ていこう》する力もなくなったと感じたのだろう。

うなり声とともにオーラを噴《ふ》き出《だ》し、まったく関係のない方向へ飛び出していった。

「ぐぅう……すばらしい……なんというすばらしい戦闘力《せんとうりょく》」

間違いなく、いまあのブロリーに勝てる存在はいなかった。これだけ痛めつけられたからこそ、わかる。

あれは、フリーザにとって強力な武器になる存在だった。

そのフリーザの目の前に、突然出現するものがあった。逆立《さかだ》った髪の毛に、どこか見覚《みおぼ》えのある顔立ちには、孫悟空《そんごくう》を思わせるものがあったが、明らかに別の人間だった。

「な、なんですか、あなた?」

「ふん、オレはゴジータ。悟空とベジータが合体《がったい》したんだよ」

「合体……?」

けげんそうに聞き返すフリーザに、ゴジータが続けた。

「おまえは、長いこと死んでたから知らないだけだ。ふたりの強さを足《た》しただけじゃない

ぞ、さらに大幅アップだ」

「ひ……卑怯《ひきょう》な！」

フリーザの言葉に、ゴジータは呆《あき》れ顔で答えた。

「おまえ、よくそんなことが言えるな」

ゴジータは額《ひたい》に指を当て、そのまま姿を消した。


ブロリーが次の相手に選んだのは、ウイスだった。

不意《ふい》をつくように、猛然《もうぜん》と襲《おそ》いかかったブロリーだったが、ウイスは、その攻撃を苦《く》もなくかわしていた。

すばやく動いたわけでもなく、なにか特別な技《わざ》を使ったわけでもない。それなのに、ウイスはごく普通に見える動きで、ブロリーにかすりもさせなかった。

「こっちですよー」

余裕の笑《え》みさえ浮かべて、ウイスは、ブロリーからひらりひらりと逃げていく。

いきりたったブロリーが、うなり声とともにウイスを追い回した。

「ほい」

悟空たちの苦労がなんだったのかと思わせる軽《かろ》やかさで、うなりをあげるパンチをかわし、ぎりぎりブロリーの間合《まあ》いの外に距離を取る。

ゴジータが、ふたりの間に割って入るように姿をあらわしたのは、その時のことだった。

「あら？」

「ウイスさん、あとはオレにまかせてくれ！」

素早《すばや》く構《かま》えをとるゴジータに、ウイスは不思議《ふしぎ》そうな視線を向けた。

「あなたたち、合体なんてできるんですね」

近くで隠れて、ようすを見守っていたブルマが、声をあげる。

「あー！　フュージョンってヤツか!!」

ブロリーは、ゴジータを目にした瞬間、警戒するように動きを止めていた。低くうなり声をもらしつつ、ゴジータをにらみつける。

ベジータを思わせる構えをとりながら、ゴジータはブロリーに向かって叫《さけ》んだ。

「来い！」

ドン、と地を蹴《け》ってゴジータが飛びあがる。それを追って、ブロリーが疾風《しっぷう》のように姿を消した。

ブロリーが、すさまじい勢いで気《エネルギー》弾《だん》を連発してくる。それを余裕でかわしながら、ゴジータは、ひらけた場所までやってきたところで振り返り、腰《こし》に両拳《りょうこぶし》をあて、構えをとった。

「いっちょいくぜえ！　はあああああ……」

金色にゆらめく気が、ゴジータの体を押《お》し包《つつ》む。ゴジータの気合いが高まるとともに、それは巨大な炎のように広がり、逆立つ髪の毛が金色の輝きを放《はな》った。
「おおおおお！」
だが、ブロリーはひるまない。拳を振りあげ、さらに加速して突っこんでいく。
超《スーパー》サイヤ人に変身した直後のスキを突かれ、ゴジータはブロリーの一撃を食らってい
た。だが、吹っ飛ぶ途中で強引《ごういん》に姿勢を立て直し、反転《はんてん》してブロリーに襲いかかる。
ゴジータの体当たりにブロリーは吹き飛んだが、やはり反転して向かってきた。
そのまま、至近《しきん》距離での壮絶《そうぜつ》な格闘《かくとう》が始まった。どちらも、相手の一撃で大地を砕《くだ》くほ
どの打撃に耐え、すかさず反撃を繰《く》り出《だ》していく。
すさまじい打ち合いの末に、ついにゴジータの蹴りがブロリーの腹をとらえていた。
大地に叩《たた》きつけられるブロリーに向けて、ゴジータの放った気弾が拡散しながら降《ふ》りそ
そいだ。
雨のように叩きつける気弾に打ちのめされ、立ちあがろうとしたブロリーが体を揺らが
せる。
だが、それも一瞬のことだった。ブロリーは、キッとゴジータを見あげ、バリアーのよ
うに気の壁をはりめぐらせて、気弾を弾《はじ》きとばしながらふたたび舞いあがった。
さらに互角《ごかく》の戦いが続いた。ゴジータは、凄絶《そうぜつ》な打ち合いをくりひろげながらも、その
顔に不敵《ふてき》な笑《え》みを浮かべていた。

ブロリーのパンチが決まり、ゴジータが吹っ飛ぶ。

それを利用して距離をとったゴジータが、腰《こし》のあたりで両手を重《かさ》ね、気功波《きこうは》の構えをとった。それに反応し、ブロリーも気功波の構えを取る。

「はあっ!!」

「がぁっ!!」

異次元の威力《いりょく》を持ったエネルギーが、ふたりの間で激突した。閃光《せんこう》がほとばしり、音のない爆発が広がった。

次の瞬間、ゴジータとブロリーは、異様《いよう》な光の渦巻《うずま》く空間のなかにいた。

次元の境界《きょうかい》が、ふたりの放つエネルギーに耐えきれず、裂《さ》けてしまったのだ。

その異変も気にかけず、ブロリーが突進する。さらに数発の応酬《おうしゅう》のあと、ゴジータの蹴りで吹っ飛ばされたブロリーは、空中で急ブレーキをかけ、体を震《ふる》わせながら気合いをこめていく。

「うおああああ!!」

爆発的な気の解放とともに、ブロリーの髪が緑がかった輝きを放ちはじめる。その気が、さらに大きく跳《は》ねあがった。

だが、ゴジータは、それにもひるまず突っこんだ。

ブロリーの頬《ほお》にゴジータのパンチが食いこむ。顔を傾けただけでそれを受け止めたブロリーは、固めた拳をゴジータの腹に打ちこんだ。

「うあっ！」

一瞬、動きの止まったゴジータに、ブロリーの蹴りがまともにヒットする。そのまま吹き飛ばされ、空間の壁に激突したゴジータに、追ってきたブロリーが拳を叩きこんだ。きらめくエネルギーの破片《はへん》をまき散らしながら、ゴジータがさらに吹き飛んでいく。

「だあーっ!!!」

気合いとともに、ゴジータの気が変質した。体を取り巻くオーラが、一瞬で金色から青に変わる。

超《スーパー》サイヤ人ブルーとなったゴジータの動きに、ブロリーは反応しきれなかった。頬に食らったパンチに今度は耐えきれず、姿勢を崩《くず》して後方へと押しやられる。そこから反撃する間もなく、続けて二発、三発と打撃を受け、ブロリーの体は薄暗《うすぐら》い地面に叩きつけられた。

すぐさま体を起こし、ブロリーはカッと口を開《あ》け、気弾を放った。

一発をかわして飛びあがったゴジータを、さらに何十発もの気弾が追尾《ついび》する。それを余裕でかわし、ゴジータは、お返しとばかりにおなじ気弾をブロリーに向かって放った。

「かああ！」

その攻撃をかいくぐり、ブロリーはゴジータのもとへ向かう。ゴジータもまた、衝撃波《しょうげきは》を残してブロリーに向けて飛んだ。

ふたりのパンチが激突したとたん、ふたたび空間に異変が起きた。異空間の光が砕け散るように消え、もとの世界の風景が戻ってくる。

ブロリーとゴジータは、距離を置いて地上に降《お》りていた。

ブロリーは着地の勢いを殺しきれず、ずるずると滑《すべ》ってようやく止まる。なんとか構えは取っているが、ハアハアと肩で息をしていた。

「へへへ……」

一方、ゴジータはまったく疲れたようすがなかった。身を低くして構え、相手の出方をうかがう。

戦いは、終わりを迎《むか》えようとしていた。


チライとレモは、フリーザの船の通路を走っていた。

ドラゴンボールを抱《かか》えたレモが、先をゆくチライを必死で追いかけながら叫んだ。

「このままじゃ、ブロリーはやられるぞ!!」

チライは、足を緩《ゆる》めず、レモを振り返った。

「あいつは父親のせいで、ただの戦闘マシンにされたんだ。戦いたくて戦ってるんじゃない!」

それからチライは前を向き、さらに足を速めて続けた。

「ブロリーは、ホントは純粋で心優《やさ》しいサイヤ人なんだ。死なすわけにはいかないよ!!」

ブロリーは呼吸を整《ととの》えると、絶叫《ぜっきょう》とともに駆けだした。

「ごあああああ!」

もはや技もなにもなかった。ブロリーはゴジータの直前で地面を蹴り、ジャンプしてキックを繰り出した。

ゴジータは、それを滑るような足取りでかわし、やり過ごす。

空振《からぶ》りに終わったと知ったブロリーは、振り向きざまに下から気弾を投げつけた。

ゴジータはそれを、手のひらを滑らせて作り出した気のバリアーではね返す。

「ぐぁああ!!」

自分の攻撃をもろに食らって、苦悶《くもん》の声をあげ、ブロリーは爆煙を手で払いながらゴジータの姿を探した。その顔に、身をきりりとひねって繰り出したゴジータの回し蹴りが叩きこまれる。

「ぬぐわぁっ!」

大きく身をのけぞらせ、ブロリーが吠《ほ》えた。

離れて着地したゴジータは、両手に気弾を作り出し、ブロリーめがけて走りだす。それを見たブロリーは、体内の力をかき集め、口から気功波を吐き出した。

デタラメに振り回されるすさまじいエネルギーが、周囲の地面を吹き飛ばす。ゴジータはそれを見切って軽々とかわしてから、ブロリーの背中に気弾を投げつけた。

壮絶な爆発がブロリーを包みこんだ。ダメ押しとばかり、ゴジータはさらに無数の気弾をブロリーへと撃ちこんでいく。

「ぐぅぅぅぅ……がぁあああああ」

爆発の光を透《す》かして、苦しみもがくブロリーの姿が映し出された。

「はあああああああっ！」

ゴジータは足を止めると、腕を差しあげ、さらに密度を高めた気弾を作りあげていく。

「どりゃっ!!」

ブロリーがゴジータを見た。そこに、ゴジータの放った一撃が襲いかかる。

すさまじい爆発とともに、あたりにブロリーの絶叫が響いた。

「ぐわぁあああああ……」

ふうっと息をついたゴジータが、周囲を包んだ暗闇《くらやみ》に驚いて顔をあげた。

地上に置かれた七つのドラゴンボールが、まばゆい輝きを放っていた。そこから巨大な神龍《シェンロン》があらわれて、空へと昇《のぼ》っていく。

「あ、あれは……」

フリーザが、驚きの顔で空を見あげた。

神龍《シェンロン》はその巨大な体で、とぐろを巻くように空に浮かびあがると、地の底から轟《うごめ》くような声で、言った。

「どんな願いも、ひとつだけかなえてやろう……」

「で、どうすりゃいいんだよ」

チライは、キコノの背中に銃《じゅう》を突きつけながら、すごみのきいた声でたずねた。

彼女とレモのふたりは、ボールを届けるふりをしてキコノを人質《ひとじち》にとったのだった。

まさか、ふたりがこんなことをするとは考えていなかったのだろう。宇宙船を着陸させ、神龍《シェンロン》を呼び出すのにそれほど手間はかからなかった。

じっとおし黙《だま》るキコノに、チライはいらだたしげに言った。

「早く言えよ！」

強く銃口《じゅうこう》を押しつけられ、キコノが顔をしかめる。

「ぐぐぐ……」

「もういい!!　撃つ！」

「わ、わかった！　言う！」

キコノはあわててメモを取り出し、目を通してから答えた。

「そ……そのまま願いを……言え……」

拍子抜《ひょうしぬ》けした顔で、チライがつぶやく。

「なんだ、それだけかよ」

それからチライは一度目を閉《と》じて、心のなかで願いごとをさらってから神龍《シェンロン》を見あげた。

「あたしの願いは！」


「ごぉあああああああっ!!!」

すさまじい気合いとともに、ブロリーは自分を包みこむ炎を吹き飛ばした。

それから、ブロリーは獰猛《どうもう》な声をあげ、ぐっと身を低くしてから、衝撃波《しょうげきは》を残して前に飛び出していった。

それを見ても、ゴジータは動かなかった。ブロリーの蹴りが届く寸前、軽く飛びあがって、上からカウンターで蹴りを叩きこむ。

交差した腕でそれを受けたものの、がら空《あ》きの脇腹にゴジータの回し蹴りが直撃した。

吹っ飛ばされ、着地したところで、ブロリーが気功波の構えをとる。

放たれた巨大なエネルギー波を、ゴジータはわずかに半身を引いただけでやり過ごし、

素早《すばや》く飛びかかってブロリーを殴《なぐ》り飛《と》ばした。

吹っ飛びながら、ブロリーは広げた手のひらから連続で気弾を放った。ゴジータはそれを軽《かろ》やかにかわし、ブロリーに連続でパンチを打ちこんでいく。

うずくまるブロリーから距離をとったゴジータが、両腕を交差させて気を高めていく。

押し寄せる圧力に驚いたブロリーは、残った力をかき集めて迎《むか》え撃《う》つ姿勢をとった。

ゴジータとブロリーの拳圧《けんあつ》が、まともに激突した。生じた衝撃で大地が割れ、溶岩《ようがん》が噴《ふ》き出《だ》してくる。

そのなかを、悲鳴《ひめい》に似た叫び声とともに、ブロリーが飛ばされていった。髪の色は金色にもどり、その表情は苦痛に歪《ゆが》んでいる。

ゴジータは一瞬で追いつくと、十分に気の乗った拳をブロリーの腹に打ちこんだ。吹っ飛ぶブロリーに追いすがり、さらに一撃。さらに加速して、とどめとばかりに、叩きつけた拳越しに圧縮した気を流しこむ。

ゴジータの気に縛りつけられ、ブロリーの体が、ビリビリと震えながら宙に舞いあがった。

それを見あげたゴジータは、気合いとともに一気にブロリーの体内の気を炸裂《さくれつ》させた。

「だああああああっ!!!」

ブロリーの体から噴き出した青白いオーラが、大爆発を引き起こした。

ブルマとともに避難した高台の上で、戦いの行《ゆ》く末《すえ》を見物していたウイスたちのもとに爆風が押し寄せる。

「すばらしい！」

ウイスが賞賛《しょうさん》の声をあげる。

「これで、決着がつくかもしれませんね」

ウイスの見つめる先では、ゴジータがかめはめ波《は》の構えに入っていた。

ゴジータが、腰を落とし、両手を上下に重ねて腰のあたりに引き寄せた。

「か――――」

重ねた手の間に、輝《かがや》く気の塊《かたまり》が生まれ、次第《しだい》に大きさを増していく。

「め――――」

舞いあがる粉塵《ふんじん》が風で払われ、その向こうによろよろと立ちあがるブロリーがあらわれた。

「は――――め――――……」

完全に戦意を失って、ブロリーがおびえ声を発して後ずさる。

「あ……う……あ……」

「はああああ――――――っ!!!」

地を震わせて、ゴジータの練《ね》りあげたかめはめ波が放たれる。破滅的なパワーを秘めた輝きを前にして、ブロリーはただ震えることしかできなかった。

その時だった。

「ブロリーを！　もといた星に帰してやってくれー!!」

チライの願いを叫ぶ声が、あたりに響きわたった。

神龍《シェンロン》が身じろぎをしたと思った瞬間、ブロリーの姿が、その場からかき消える。

かめはめ波を撃ち終わったゴジータは、光となったブロリーが目の前から飛び去るさまを、驚きの表情を浮かべて見送った。


その光は、一瞬で長い距離を飛び越え、ゴツゴツとしたあばた面《づら》の惑星《わくせい》に降りていった。

惑星の名は、バンパといった。

気がつくと、ブロリーはひどく見慣れた場所に、ひとりぽつんと座《すわ》っていた。

あの、恐ろしい敵は、もういなかった。

あのイヤな白いヤツも、もういなかった。

全身が痛む。息ができないほど苦しい。

それでも。

懐《なつ》かしい風景を見渡して、ブロリーは思った。
それでも、ブロリーは自由だった。

其之七《そのなな》

死闘《しとう》の先《さき》は…

DRAGONBALL SUPER

巨大な神龍《シェンロン》は、チライを見おろし、言った。

「願いはかなえられた！　さらばだ」

神龍《シェンロン》は光となってボールにもどり、ボールは上空に浮かびあがって、輝きを残してバラバラに飛び去った。

尾を引いて消えていくドラゴンボールを見送って、ゴジータの口もとに笑《え》みが浮かぶ。

同じころ、ゆっくりと明るさをとりもどす空を見あげて、チライはため息をもらしていた。

これでブロリーは助かったのだろうか。あの龍《りゅう》の言葉は本当だったのか。

そこまで思ってから、チライは、自分の身に危険が迫《せま》っていることに気がついた。後先《あとさき》を考えず、フリーザが集めたボールを勝手に使ってしまったのだ。

さて、どうしよう。

『乗れ!!　チライ！』

突然頭上から響《ひび》いた声に、チライが顔をあげる。そこに浮かんでいたのは、レモが乗る小型船だった。背の届く高さまで降《お》りてきたその船に、チライはとっさに飛び乗っていた。

取り残されたキコノが呆然《ぼうぜん》と見あげるなか、ふたりの乗った船は、あっという間に遠ざかっていった。

急速に加速しながら、頭上を飛び越える船があった。

フリーザは不機嫌《ふきげん》そうにそれを見あげ、指を突き出した。それからゆっくりと狙《ねら》いをつけ、指先にパワーを集中し――。

「おっと」

横からのびた手が、フリーザの手首をつかんでいた。

ゴジータだった。

「…………」

フリーザは相手をにらみつけてから、顔をそむけ、目を閉《と》じた。肌《はだ》を覆《おお》った金色の光は弾《はじ》けるようにして消え、同時に指先に集中していたエネルギーも消滅《しょうめつ》する。

「ふん……」

それからフリーザは、ゴジータの手を振りほどき、背を向けて歩きだした。

「また来ますからね」

それだけ言い残し、フリーザは宇宙船の方向へと飛び去っていった。

すでに日は傾《かたむ》き、空は夕焼けに染《そ》まる時刻だった。

ビルスは、あぐらをかいた自分の膝《ひざ》の上でブラを遊ばせながら、氷の大陸がある方向に目をやった。

「うん……なんとかなったようだな」

ひと言《こと》そうつぶやくと、ビルスは午後のまどろみのなかに戻っていった。


レモの操《あやつ》る宇宙船は、地球を離れ、なおも加速を続けていた。

「悪かったね、あんたを巻きこんじゃったよ」

チライは操縦席《そうじゅうせき》の後ろに立って、すまなそうな声を出した。

レモが振り返って小さく笑う。

「気にするな。フリーザ軍に入って、いまのが一番スリルがあって楽しかった」

それからチライは、少し顔に不安をにじませながら、後ろを振り返るしぐさをした。

「追ってくるかな……」

「さあな……で、チライはどこに行くつもりだ?」

操縦席のレモを見ながら、チライは答えた。

「ブロリーの星だよ」

「バンパか……」

「レモはどこの星で降りる？」

「いや、オレもつき合うよ。どこにいても危険なのは同じだしな」

レモは操縦席のパネルを操作しながら、小さく肩をすくめた。

「強いブロリーの近くにいたほうが、まだ安心だろう」

言いながら、レモが障害物を避《よ》けるため、操縦桿《かん》を倒す。

バランスを崩《くず》しかけたチライが、あわててレモの座る席の背もたれにしがみついた。

「うわっと……じゃあ、途中で食料とかいろいろ買っていかなきゃな！」


氷の大陸での戦いから三日後のこと。

司令《しれい》席でくつろぐフリーザに、データパネルを手にしたキコノが言った。

「やはりあのふたりは、ブロリーと一緒のようですね……」

パネルの上には、惑星《わくせい》バンパの画像と、その上に点滅する光が映《うつ》し出《だ》されている。

フリーザたちは、とある惑星の上空にいた。

外では、激しい戦闘《せんとう》がくりひろげられていた。眼下《がんか》の星は豊かだったが、抵抗も激しかった。もっとも、だからこそ侵略《しんりゃく》のしがいもあるというものだったが。

「しばらく、そのまま泳がせておきましょう」

答えながら、フリーザは目を閉《と》じた。

「あのふたりに、ブロリーの精神コントロールをまかせ、われを失うことなく、あのとてつもないパワーが出せるようになれば、それこそ最強の戦闘員になります」

キコノが不安げな声をあげた。

「うまくいくでしょうか……」

フリーザは目を開《あ》け、キコノを見おろした。

「そうであってほしいですねぇ」

それからフリーザは外の戦いに目を向け、冷たい笑みを浮かべてこう言った。

「いくら、わたしががんばって戦闘力をあげても、敵は孫悟空《そんごくう》とベジータのふたり……こっちだって、もうひとりくらい欲しいですよ……フフフ」


狩りから帰ったブロリーは、例の大ダニの脚《あし》をへし折って、粘液《ねんえき》まじりの脚肉をチライたちに差し出した。

「うそだろ……。こんなのを食べてたのか？」

そう言いながら、チライは差し出した指先で粘液をとり、こわごわと口に含《ふく》んだ。

「ぐっ……ま、まあ、苦《にが》いけど、飢《う》え死《じ》ぬよりはマシ……って感じだな」

そう言いながら、レモに水を向ける。チライの視線を受けて前に出たレモは、指先についた粘液をなめたとたん、体を折ってげぇえと音を立てた。

「……ダ、ダメだ、オレは」

「贅沢《ぜいたく》を言うんじゃないよ。買ってきた食料だけじゃ、五〇日ももたないんだからね」

ブロリーのケガはひどく、まだ治《なお》りきっていなかったが、それでも、それほど長くない期間のうちに、驚くほどのペースで回復しつつあった。

実際、レモとチライがバンパに戻ってくるまでの間、ブロリーはこうやってたったひとりで生きていたのだった。

「――誰か来た」

レモとチライがダニの脚肉に困り顔を向けていたその時、ブロリーは、住居にしている洞窟《どうくつ》の出入口に顔を向けてそう言った。

「えっ？」

チライが顔を向ける。光を背に、出入口に立つ人影があった。

「おーい、入っていいか？」

ひどくのんきな声だったが、フリーザ軍の追っ手ではないという保証はない。なにしろ、当のフリーザが、笑いながら平気で人を消すタイプである。

レモはあわてて腰をまさぐった。例のダニを警戒して、銃《じゅう》も準備してきたはずだった。

レモたちの答えも聞かず、その人影は洞窟のなかに踏みこんできた。

「あれ、誰だ？　おめえたち」

チライはようやく相手の正体《しょうたい》に気づいた。最悪だった。

「お、おまえ！　地球のサイヤ人……！」

「あ、そうか、ドラゴンボールを使ってた、フリーザ軍の！」

チライたちの目の前にいたのは、孫悟空だった。

「なにしに来た！」

レモはベルトに挟《はさ》んであった銃を引き抜き、構えた。が、銃だと思っていたのは、工具のトンカチだった。レモは、顔をしかめてトンカチを投げすてた。

悟空はブロリーのすぐ目の前までやってくると、笑顔を浮かべて手をあげた。一瞬、警《けい》戒《かい》の表情を浮かべたブロリーだったが、悟空のようすを見て、すぐに顔をやわらげた。

「ブロリーの仲間だったのか」

レモはなおも警戒を崩《くず》さず、強い口調で返した。

「なにしに来たって聞いているんだ」

「まあ、そうカリカリすんなよ。戦いに来たわけじゃ、ねぇんだからさ」

チライが眉《まゆ》をひそめる。

「じゃあなんだ」

「ひどい星だって聞いたからさ、いろいろ持ってきてやったんだ」

悟空はそう言って、手にしたナップザックを持ちあげて見せた。

それを見たチライは、身を乗り出しながら悟空をにらみつけた。

「よけいなお世話だ、帰んな。だまされないからね」

「ハハハ……」

悟空は笑いながら、ナップザックから小さなケースを取り出した。ケースのなかには、上にボタンのついた小さなカプセルが三つ入っていた。

「これ、ブルマってヤツに頼《たの》んで、もらってきたんだ」

悟空はカプセルのひとつを取り出し、ボタンを押して、チライたちに手振りをしながら言った。

「ちょっと、そこどいて。ほいっ」

悟空が、洞窟の空《あ》いている場所にカプセルを投げる。とたん、ボン、と煙が出て、そこにドーム型の家が出現した。

チライたちがそろって声をあげる。

「えっ」

「家のなかに、水とか食料とか、いろいろいっぱい入ってっから」

チライとレモが家のなかに入っていく。なかからレモの驚く声が聞こえてきた。

「おおー！」

悟空は小さな袋から手のひらに豆粒《まめつぶ》を落として、三人に見せた。

「あと、これ仙豆《せんず》ってんだけど、二粒やる。やべえ、死ぬって思った時に食うといい。病気は無理だけど、ケガとかならすっかり治って、体力も満タンになるぞ」

話を聞いていたチライが、疑わしげな顔で悟空を見た。

「なにを企《たくら》んでるんだ？」

「そんなんじゃねえさ。元気に生きてろってだけだ」

チライとレモが眉をひそめて声をそろえる。

「はあ？」

悟空はブロリーを肩越しに振り返った。

「オラ、強いのには自信があったのに、もっとずっと強いブロリーがあらわれてさ、しかもおんなじサイヤ人だ。たぶんビルスさまより強いぞ。ビルスさまってのは、神さまなんだけどさあ」

ちょうどそのころ、ブルマの屋敷でビルスが大きなくしゃみをしていたことを、悟空が知るよしもなかった。

「とにかく、そんなスゴいヤツに死なれちゃ、もったいねえだろ」

悟空の言葉の意味がわかったのか、ブロリーがすこしはにかんだ顔をした。

「まあいいや、とりあえず元気でな」

それだけ言うと、悟空は洞窟の出入口に向かった。

それから、悟空は洞窟を出ると、ついてきた三人に手を振った。

「じゃ」

「え、宇宙船がない……おまえ、どうやって来たんだ」

驚くレモに、悟空は振り返り、笑いながら額《ひたい》に指先を当てた。

「瞬間移動できるんだ。ブロリーの気《き》を探してさ」

チライはまだ疑っているようだった。

「あんたの言ってること、やっぱ全然わかんないね」

悟空は笑顔を浮かべ、たずねた。

「また来ていいか？」

「言っとくけど、あたしたちはあんたの敵だからね。フリーザ軍はクビかもしれないけど、あんたの仲間になんてならないよ」

なおも疑わしげな目を向けてくるチライに、悟空は応《こた》えた。

「そんなことはどっちでもいいさ」

「えっ？」

「オラは、たまにブロリーと戦わせてほしいだけだ。オラのほうから、教えてやりてえことなんかもあるしな」

「あんた、相当《そうとう》イカレてるようだね」

チライが苦笑《くしょう》を浮かべて前に出る。

「なんでだ？」

きょとんと聞き返す悟空に、チライは笑って指でサインを作った。

「まあ、とりあえず礼は言うよ。サンキュー」

「おう。じゃあな、また来る」

悟空はチライにうなずいてから、ブロリーに向かってそう声をかけた。

「もう、ここにはいないかもしれんぞ」

レモがむっつりと言うと、悟空は瞬間移動のしぐさをしながら答えた。

「だいじょうぶ。そんなに遠くなきゃ探せる」

そうして、三人に背中を向け、悟空は洞窟の前にある切り立った崖《がけ》に向かって歩きだした。

「あんた、名前は？」

チライの声に、悟空はすこし振り返って、額に指を当てながらこう言った。

「孫悟空……それと、カカロット」

死闘の先は…

そして、悟空の強さを求める冒険《ものがたり》は、まだまだ続く。
この先どんなお話が待っているのか？　それはまたのお楽しみ。

劇場版 CAST&STAFF

原作・脚本・キャラクターデザイン：鳥山明

声の出演

野沢雅子［孫悟空］

堀川りょう［ベジータ］

中尾隆聖［フリーザ］

島田敏［ブロリー］

久川綾［ブルマ］

古川登志夫［ピッコロ］

草尾毅［トランクス］

山寺宏一［ビルス］

森田成一［ウイス］

宝亀克寿［パラガス］

水樹奈々［チライ］

杉田智和［レモ］

作画監督：新谷直大

音楽：住友紀人

美術監督：小倉一男

色彩設計：永井留美子

特殊効果：太田 直

CG ディレクター：牧野 快

製作担当：稲垣哲雄

監督：長峯達也

■初出
劇場版　ドラゴンボール超 ブロリー　書き下ろし

この作品は、2018年12月公開の映画
『ドラゴンボール超 ブロリー』
をノベライズしたものです。

[劇場版ドラゴンボール超] ブロリー

2018年12月19日　第1刷発行
2019年10月9日　第6刷発行

著　者／鳥山 明 ◉ 日下部匡俊

装　丁／櫛田圭子〔バナナグローブスタジオ〕

編集協力／佐藤裕介〔STICK-OUT〕

編集人／千葉佳余

発行者／北畠輝幸

発行所／株式会社 集英社

〒101-8050　東京都千代田区一ツ橋2-5-10
TEL　03-3230-6297（編集部）03-3230-6080（読者係）
03-3230-6393（販売部・書店専用）

印刷所／凸版印刷株式会社

Printed in Japan　ISBN978-4-08-703468-4 C0093

検印廃止

JUMP j BOOKS：http://j-books.shueisha.co.jp/

本書のご意見・ご感想はこちらまで！

http://j-books.shueisha.co.jp/enquete/